Jakob Julius David

Neigung - ein Schauspiel in vier Aufzügen

Jakob Julius David

Neigung - ein Schauspiel in vier Aufzügen

ISBN/EAN: 9783743643826

Hergestellt in Europa, USA, Kanada, Australien, Japan

Cover: Foto ©Andreas Hilbeck / pixelio.de

Weitere Bücher finden Sie auf **www.hansebooks.com**

J. J. David

✠

Neigung

Ein Schauspiel in vier Aufzügen

Leipzig
Georg Heinrich Meyer
1898

Neigung

Verlag von Georg Heinrich Meyer in Leipzig.

Frühschein.

Geschichten vom Ausgange des großen Krieges

von

J. J. David.

Preis geh. Mk. 3.—, geb. Mk. 4.—.

Der Autor erhielt für dieses Buch den Bauernfeld=Preis. Ein auserlesenes Kuratorium litteraturverständiger Männer hat also dokumentiert, daß das Werk zu den litterarisch wertvollsten Erscheinungen des letzten Jahres gezählt werden muß!

Neigung

Ein Schauspiel in vier Aufzügen

von

J. J. David

Leipzig

Verlag von Georg Heinrich Meyer

1898.

Storage
105

Personen:

Josef Liborius von Köstler, Kassierer (60 Jahre).
Anna, seine Frau (52 Jahre).
Felix, sein Sohn, k. k. Beamter (29 Jahre).
Poldi, seine Tochter, Lehrerin (28 Jahre).
Grete, seine Tochter (15 Jahre).
Dr. August Weißl, Bürgerschullehrer (32 Jahre).
Lisi Klein (22 Jahre).
Hans Klaus, ein Freund Köstlers.
Marie, Dienstmädchen bei Köstlers.

Ort: Wien.
Zeit: Gegenwart.

Der 1. und der 2. Akt spielen von Samstag Abend bis Sonntag Mittag. Der 3. Akt eine Woche später, wieder nach einer Woche der letzte.

Felix ist ein durchaus eleganter, ruhiger, ironisch über=legener Mensch. Niemals roh! Immer höflich.

I. Aufzug.

Zimmer bei Köstlers. Sehr sauber. Nicht eigentlich dürftig, nur ist alles sehr ängstlich geschont. Eine Thür im Hintergrunde. Allgemeine Eingangsthüre rechts vom Schauspieler, Thüre links in ein drittes Zimmer. Ein großer Tisch, ein Bett, ein Schlafdivan. Eine gewisse puritanische Kahlheit. Erste Abendstimmung so gegen 5 Uhr nachmittags. Wenn der Vorhang aufgeht, sitzt Frau v. Köstler allein und strickt. Unmittelbar danach kommt

Grete
(tritt hastig ein, wirft die Bücher von sich):

Guten Abend, Mutter. Ist die Poldi schon zu Haus?

Mutter (hält ihr die Wange hin):
Nein, Gretel.

Grete (küßt sie sehr flüchtig):

Es wird halt alleweil später, und so gar nichts kann man mehr von ihr haben. Nun ja! Die Fräulein Lehrerin kriegt ihre Stunden gezahlt und sieht nicht mehr ein, warum daß sie bei ihrer leiblichen Schwester eine Ausnahme machen soll.

1*

Mutter:

Was willst Du denn von ihr? Sie kann ja noch gar nicht zu Hause sein. Zu ihrer Schule ist es weit, und sie vergönnt sich die Tramway nur, wenn es eben regnet.

Grete:

Helfen soll sie mir. Ich bin mir schon zu alt, um mich noch mit den dummen Schulaufgaben zu rackern.

Mutter:

Sie thut es doch selber immer noch.

Grete:

Weil sie zu nichts Besserem gut ist.

Mutter:

Gretl!

Grete (nachäffend):

Mutterl! Wenn Sie nur wüßten, wie springgiftig ich bin. Immer vor der ganzen Klasse dastehen müssen, und immer hören müssen, was die Poldi einmal für ein Tugendspiegel war und wie ungezogen ich bin und daß ich niemals eine gute Lehrerin sein werde und ein Vorbild der Jugend. Da können sie Recht haben. Will ich's denn sein? Mir paßt es nicht, mit den Theken von fremden Kindern und mit den Büchern herumlaufen und auf der Straße jetzt schon die

Feierliche sein. So eine wie die Poldi, die's
schon als Kleine in sich gehabt hat.

Mutter:

Wenn's aber sein muß?!

Grete:

Muß! Wie soll einen etwas gefreuen, was
sein muß?

Mutter:

Da fragt man eben nicht nach Freuen! ...
Was war denn wieder?

Grete (pfeift schrill).

Mutter:

Grete! So gar ungezogen mußt Du nicht sein.

Grete:

Mutterl, sind Sie nicht bös, aber irgendwo
muß man doch sein Gall' auslassen.

Mutter (seufzt).

Grete:

Nicht gar so tragisch sein, Mutterl! (herzlich):
Ich weiß, es sind gegen Sie alle ungezogen.
Immer ohne die heilige Poldi. Aber es war
heut' auch wieder ein Leben in der Schul'!

Mutter:

Was war denn?

Grete:

Was alle Tag' ist. Da bin ich die einzige Adelige in der Klasse! Und es freut mich, daß ich's bin, weil sich viele drüber ärgern, die Geld haben und nur hinkommen, weil „gediegene Bildung" eben in der Mod' ist. Aber mich ärgert's — das Fräulein v. Köstler ist armselig angezogen, wie keine. Da wär' die Grete Pollak. Die will durchaus v. Pollak geheißen werden und kann lang warten, bevor sie's von mir erlebt. Und ich bin doch die Hübscheste unter ihnen! Meist sind's ja, wie man sagt, wenn sich einer mit einer verlobt und man fragt ihn, wie seine Braut ist und er antwortet: „Ein sehr ein intelligentes Mädchen." Und nachher weiß man genug.

Mutter:

Grete!

Grete:

Weil's wahr ist! — Und ich bin aufgerufen worden und habe wieder nichts gekonnt. Und der Herr Professor hat so was Niederträchtiges an sich. Wenn ich recht begossen dastehe, so heiß' ich Fräulein Margaretha v. Köstler hinten und gnädiges Fräulein vorn. Der Aff'! Und die andern kichern, und ich hab' meine Wut in mir und denk' mir: Meine Rach' möcht' ich haben. Wenn ich dem Kerl nur einmal was anthun könnte.

Mutter (erschreckt):

Gretl, wer wird so...

Grete:

Ja, zum Beispiel ihn in mich verliebt machen. Er sollt' wissen, was das heißt, zappeln ohne End' und ohne Aussicht.

Das Dienstmädchen ist eingetreten und deckt den Tisch mit einem rot-weißen geblumten Kaffeetuch und stellt eine Kanne und drei Tassen auf.

Grete:

Das Kaffeetuch zum Beispiel. Wenn ich das nur seh', so könnt' ich davonlaufen in die weite Gotteswelt. Überhaupt wie bei uns serviert wird!

Mutter (winkt ihr zu schweigen).

Grete (heftig):

Ach was!

Mutter:

Sie können geh'n, Marie. (Marie ab.) Ich bitte Dich, Grete, vor dem Dienstmädel mußt Du doch nicht so reden.

Grete:

Ach was! Die weiß mehr als wir selber. Und sie hat's besser, als wir alle. Besser so ein Dienstbot' als ein armes Fräulein. Paßt's ihr wo nicht, so sucht sie sich's eben wo anders.

Niemandem braucht sie Rechenschaft von sich zu geben. Und hübsch ist sie. Und alle vierzehn Tage kann sie lustig sein. Im Prater oder wo es ihr sonst gefällt. Und Liebesbriefe bekommt sie mehr als wir Mahnbriefe.

Mutter (hält ihr den Mund zu):
Gretel! Du!...

Grete:
Ich bin nicht blind, Mutterl. Und bis auf das, was die Lernerei angeht, bin ich nicht dumm. Ich weiß, Sie kommen in den Kalender, wenn es eine himmlische Gerechtigkeit giebt. Aber mir wär' ein Tag im Leben lieber, als einer im Kalender. Es ist so fad, immer den gleichen Tag haben und mit Gott weiß noch wie vielen einen zusammen und sich anplärren lassen: „Heilige Margaretha! Bitt' für uns!"... Wir haben's am schlimmsten auf der Welt, weil wir wissen, wie wir's haben sollten, und es niemals so kriegen, wie es sein müßte.

Muter:
Fehlen thut Dir doch nichts.

Grete:
(hat sich gesetzt, trinkt, stößt die Tasse von sich)
Wenn einem nur nichts fehlt!... (brütet vor sich hin.)

Mutter:

(legt die Hand auf ihre Schulter. Grete zuckt heftig mit der Schulter.)

Was denkst D' denn?

Grete:

Nichts, was man einem erzählen möchte.

(Springt auf und trällert.)

Es kommen Poldi und Felix. Kurze Begrüßung. Felix küßt der Mutter die Hand.

Felix:

Sind Briefe gekommen?

Mutter:

Ja. Sie sind in Deinem Zimmer.

(Felix ab ins Zimmer links. Poldi hat ihre Hefte reinlich auf den Tisch gelegt, setzt sich, trinkt den Kaffee.)

Mutter:

Er ist wohl ganz kalt.

Poldi (gutmütig):

Macht nix, so werd' ich halt noch schöner.

Mutter:

Bist nach Hause gefahren?

Poldi:

Nein. Es thut mir ganz gut, wenn ich geh'. Man ruht sich ein bißchen aus dabei. Es war ja auch schönes Wetter. Und so am Ende vom Monat, wo einem jedes Sechserl wehthut!...

Mutter:

Wenn Du nur nicht gar so weit hätteſt!

Poldi:

Ich bitt' Sie, Mutter — wo ein jedes von
uns seine Beschäftigung hat und ein jedes
anderswo, wie soll man sich da eine Wohnung
finden, daß nicht einer weit hat? Und gar mit
meinen Stunden. Die kann man sich doch auch
nicht aussuchen nach dem, ob sie nahe sind, oder
nicht. Jetzt bin ich das Laufen schon gewöhnt.
Etwas mehr oder minder . . .

Die Mutter hat ihre Strickerei wieder vorgenommen.
Das Dienſtmädchen räumt ab. Grete liegt auf dem Sofa und
Poldi beugt sich wie kurzsichtig über ihre Hefte. Felix zer-
knüllt im Eintreten einen Brief.

Felix:

Wenn jemand nach mir fragen sollte, ich bin
in meinem Kaffeehaus.

Mutter:

Kommst zum Nachtmahl?

Felix:

Das weiß ich noch nicht.

Mutter:

Ich bitt' Dich, Felix, haſt ein paar Gulden?

Felix:

Nein. Nicht um einen mehr, als ich selber
brauch'!

Mutter:

Ich bitt' Dich darum.

Felix (sehr bestimmt):

Nein! Ich gebe, wozu ich mich verpflichtet
habe. Pünktlich. Mich selber aber bringe ich
niemandem zuliebe in Ungelegenheiten. Unnütz
gebe ich nichts aus. Ich bin nicht in den Ver=
hältnissen danach.

Mutter:

Ich möchte doch nicht — aber es ist kein
Kreuzer Geld im Haus.

Felix (sehr höflich):

Das thut mir aufrichtig und von Herzen
leid. Ob zwar es nicht sein müßte. Ich gebe,
wozu ich mich verpflichtet habe. Ich wohne
Ihnen zuliebe gerne hier und steuere mein Teil
bei, obzwar es seine Unannehmlichkeiten auch
hat . . .

Grete (rasch):

Weil es eine Empfehlung ist für einen jungen
Beamten, ein guter Sohn zu sein. Gelt?

Felix:

Da haben Sie gleich eine von den Un=
annehmlichkeiten. (Ab.)

Mutter:

Es ist ein Elend, ein Elend, ein Elend.
(Beginnt gedankenlos zu rechnen.)

Poldi (hebt den Kopf):

Arme Mutter! Und ich hab' selber nur ein paar Sechserln.

Mutter:

So gieb mir sie! Ja?

Poldi:

Ich thu's nicht gern. Hat der Vater keins? Ich kann doch nicht gut so ganz ohne Geld sein bis zum Letzten. Noch dazu, wo sie in den Stunden so unpünktlich zahlen.

Mutter (streicht ihr über den Kopf):

Thu's. Du bist meine gute Poldi.

Poldi:

(steht auf, schüttet den Inhalt ihres Geldtäschchens aus, legt einen Gulden und siebzig Kreuzer auf den Tisch, nimmt sich die Kreuzer und lacht)

Mit dem haben Sie mich noch immer dran=gekriegt. Und der Vater hat wirklich keins?

Mutter:

Der?! Und man darf ihn auch nicht stören. Sonst wird er grob.

Die Thüre zum Zimmer im Hintergrunde ist auf=gesprungen und bleibt während des übrigen Aktes offen. Man sieht himmelhohe Dächer, die Türme der Votivkirche, Schorn=steine. In der Thüre

Köstler (eine große Rolle in der Hand):

Und warum darf man ihn nicht stören?

Grete (springt ihm entgegen):

Der Vater!

Köstler (küßt sie):

Ich will Dir's schon sagen, wenn Du es immer noch nicht weißt, warum man mich nicht stören darf. Weil ich arbeite. Den ganzen Tag. Erst im Amt um unser tägliches Brot, alsdann zu Hause für's mehr.

Mutter:

Wenn wir nur das erste hätten, immer hätten!

Köstler (großartig):

Du mußt mich eben immer stören. Ich aber muß meine Gedanken beisammen haben. Gelt, Gretel, das muß ich, wenn's etwas werden soll?

Mutter:

Aber einkaufen kann ich nicht davon.

Köstler (überhörend, noch großartiger):

Und für wen arbeite ich. Für Euch. Dreißig Jahr und mehr nur für Euch. Oder gönn' ich mir was Unrechtes? Was, Poldi? Gewiß nicht! Nein!

Poldi (herzlich und schlicht):

Ich weiß ja, Vater, wie gut Sie sind.

Köstler:

Ich hab's einmal in mir. Ich kann keine

Stunde müßig sein. Mich treibt's in die Höh',
wie's einen Luftballon in die Höh' treibt in dem
Augenblick, wo man das Gas hineinläßt. Über=
haupt, der Luftballon, das ist gleich wieder eine
Idee!

Grete:

Seben S' acht, daß sie Ihnen nicht auskommt!

Köstler:

Nein, ich hab' genug mit die großen Sachen.
Das ist nichts für unsere Zeit. — Da hab' ich
heute den Stammbaum der Familie v. Köstler
angefertigt, weil ich gerade zu nichts Besserem
aufgelegt war.

Alle:

Laß schau'n.

Köstler (entrollt ihn):

Was, der ist schön? Da hast Du meinen
Urgroßvater, den berühmten Josef Liborius
v. Köstler. Er hat die Dampfmaschine erfunden.

Poldi:

Aber das hab' ich ganz anders gelernt.

Köstler:

Auch so eine Geschichtsfälschung. Der hat
sie erfunden! Was hat er davon gehabt? Nichts
wie Kummer und Kränkung, nur weil ein anderer
früher damit fertig war. Aber er ist mein Ahn=
herr und er soll mein leuchtendes Vorbild bleiben.

Mutter:

Damals haben die Köstler noch ein Geld für solche Sachen gehabt.

Köstler:

Ewig mit dem Geld! Und verthu' ich denn was? Überhaupt, bring' mich nicht ins Rechnen. Jeder Gulden, den ich verdien', geb' ich Dir. Du hast was gehabt, ich hab' was gehabt, wie wir geheiratet haben. Neunzigtausend Gulden hab' ich aufs wenigste verdient, seit wir beisammen sind. Das ist ein schönes Stück Geld! Da könnt' man rein von die Zinsen leben! Wo sind sie, Du gute Wirtin?

Mutter:

Ja, und einen jeden Kreuzer nimmst mir weg.

Köstler:

Ich sag' ja nichts gegen Dich. Nur stören mußt mich nicht immer. Und wir werden wieder zu Geld kommen. Sicher wieder. Ich hab' Ideen für hundert andere. Und ich weiß jetzt, wo man's anpackt. Die Gretl soll mir noch in Sammt und Seiden gehen, weil zu dem Gesichtel ewig kein Kattunkleid paßt. Die Poldi, wenn sie schon durchaus das Schulmeistern nicht lassen kann, soll im Unnumerierten zu ihren schmutzigen Fratzen nach Favoriten fahren . . .

Mutter:

Und ich, ich wär' vorderhand zufrieden, wenn ich nur aufs Einkaufen hätt'.

Köstler:

Ich red' von solche Sachen und sie kommt mir mit dem Einkaufen. (Spielt nervös mit dem Geld auf dem Tisch.)

Mutter:

Den Gulden laß liegen!

Köstler:

Ja, da hast ihn. (Giebt ihn ihr nicht.) Was unsere Zeit braucht, das sind Gegenstände des allgemeinen Gebrauches, Gegenstände, welche sozusagen in keinem Haushalte fehlen dürfen. Da kann man verdienen. Wenn ich nur einen Geldgeber hätte! Ich suche einen. Fragt's nur den Klaus. Nur deshalb geh' ich ins Wirtshaus, wo ich sonst lieber gemütlich mit meinen Lieben beisammensäße. Was hab' ich im Wirtshaus? Ich rauch' nicht wegen der Ersparnis und muß den Rauch von anderen schlucken. Fragt's nur den Klaus. Und Ihr glaubt, ich verthu' mein Geld? Ja, werden denn die Geldgeber zu mir kommen? Ich leb' nur für meine Familie. Fragt's nur den Klaus. Aber man muß suchen. Wie mit der Laterne. Und ich hab' jetzt einen in Aussicht und bald fangen wir an. Da weiß

ich was besseres fürs Naphthalin. Das stinkt
nur so schrecklich und nützen thut's gar nichts.

Gretl:

Wenn die Motten die Strauchen haben, nützt's
nix. Sonst schon.

Köstler:

Grete! (lachend): Nun, und darf die Wirksam=
keit eines Mittels von solchen Zufälligkeiten ab=
hängen?

Dienstmädchen (meldend):

Der Herr Klaus ist da. Er wartet unten.

Mutter:

Der Klaus? Traut sich der wieder herauf?

Köstler:

Das Vorhaus hast ihm nicht verboten, nur
das Haus. Aber der Klaus! Dann muß ich . . .
Wenn der zu mir kommt, dann ist's was Wichtiges!
(Schleunig ab.)

Mutter:

Mein Gulden! Hörst! Mein Gulden! (kraftlos):
Immer macht er mir's so.

Poldi (räumt ihre Hefte zusammen, gelassen):

Kränken Sie sich nicht so, Mutter! Ich werde
mit dem Felix reden. Mir borgt er schon noch
ein Geld bis zum letzten.

Mutter:

Ich bitt' Dich, sprich mit ihm. Mit dem

Verfeßen fich helfen, ift fo fchwer. Das Mädel
merkt gleich, wenn's wo fehlt, und das bißl
Refpekt, das fie vor einem haben follte, ift hin.

Grete (lacht):

Das bißl Refpekt!

Mutter (verzweifelt):

Mach' mich nicht noch nervös, Gretel! Ich
bitt' Dich drum, Gretel.

Dienftmädchen (melbet):

Gnä' Frau, die Wochenrechnungen find ge=
kommen. Vom Bäcker und vom Fleifcher.

Mutter (zuckt hilflos mit den Achfeln).

Dienftmädchen:

Sie können nicht mehr warten, fagen fie.
Oder fie laffen nichts mehr auffchreiben.

Mutter:

Man hat fie noch immer bezahlt, und man
wird's wieder.

Dienftmädchen:

Ja, aber der Fleifcher fagt, es war noch nie
fo viel beifammen. Und es wird immer fchwerer,
da ein Geld zu kriegen, fagt er. Und er muß
auch feine Steuern bezahlen. Und wenn der
Herr Köftler taufendmal ein Herr v. Köftler ift,
fo kriegt er doch für fein von nicht einmal beim
Greisler was, fagt er. Wiffen Sie, er ift ein

Grobian, sonst aber ganz ein lieber Mensch, gnä'
Frau. Und der Bäcker! Ui, der is gar grob.

Mutter:

Sie müssen bis zum Ersten warten. Dann
sollen sie alles bekommen. Es ist nicht mehr lang.

Dienstmädchen:

Hab' ich ihm schon selber gesagt. Aber, hat
er geantwortet, dann können wir auch bis zum
Ersten auf ein Fleisch warten. Das kann lieb
werden.

Poldi (sehr ruhig):

Das ist doch wohl nicht Ihre Sorge.

Dienstmädchen (mit einem ironischen Knix):

Sehr wohl, gnädiges Fräulein! (Im Abgehen
wispernd zu Grete): Der Herr wartet wieder unten.

Grete:

Er soll nur warten. (Dienstmädchen ab.)

Poldi:

Was wisperst Du mit dem Mädchen?

Grete:

Nichts, was Dich angehn möcht'. Sonst hätt'
ich doch laut gesprochen.

Poldi:

Grete!

Grete:

Na, willst mir vielleicht ein Dreier in Sitten
geben?

Poldi (will auffahren, bezwingt sich aber):

Na, na! Nur stad sein! Es dauert nur eine Stund'.

Mutter:

Poldi, ich staun' über Deine Geduld. Und was soll das Sprüchel heißen?

Poldi (sehr schlicht):

Das lernt man so in der Schul'. Anfangs, wenn die Kinder alles daran gesetzt haben, um mich zu ärgern und so viel schlimm waren, wie ich selber noch jung und so ein bisserl unbeholfen gewesen bin, da hätt' ich am liebsten drein=geschlagen. Und da hab' ich mir das Sprücherl vorgesagt: „Na, na! Nur stad sein! Es dauert nur eine Stund'." Und dann hab' ich gesehen, es geht mit der Geduld gut und immer besser.

Grete:

„Vademecum für angehende Lehrerinnen," verfaßt und herausgegeben nach eigenen Er=fahrungen von Leopoldine v. Köstler.

Poldi:

Grete, ich bitt' Dich, hast Du denn gar nichts zu thun?

Grete:

Nein.

Poldi:

Ich bitte Dich, das ist doch unmöglich. Wo

man ohnehin nicht das Beste über Deinen Fort=
gang hört und man in der Schule sehr unzufrieden
mit Dir ist.

Grete:

Na also. Erst spioniert sie hinter mir und
dann vernadert sie mich, die Heilige. Und ich
will durchfallen. Anders bekomm' ich die ewige
Lernerei nicht los. Das seh' ich schon.

Poldi:

Komm', ich will Dir helfen. Wir arbeiten
zusammen.

Grete (raunzend):

Ich mag nicht. Ich will spazieren geh'n.

Mutter:

Laß sie. Mit der richtest Du nichts. Aber
jetzt geht man nicht spazieren.

Grete:

Ich kann mir's nicht so einrichten, wie die
Poldi, daß sie von der Schule nach Haus spazieren
geht und sich dabei vom Herrn Dr. August Weißl
begleiten läßt. Bei mir zahlet sich so eine Be=
gleitung nicht aus, wo es nur ein paar Schritte
zu uns sind. Aber da, da kann man sich in
seinem Beruf vervollkommnen und mit Liebe er=
füllen dazu.

Poldi:

Grete, was sprichst Du da?

Grete:

Schaun Sie sich sie nur an, Mutter, ob sie nicht rot geworden ist? Ich hätt' gewiß nichts gesagt. Ich bin kein so Musterkind, wie Du eins bist. Aber wenn Du Deine eigene Schwester verzündest, wo so alle auf mich hacken, dann muß ich Dir zeigen, was Du für eine Heilige bist.

Poldi:

Grete! Um Gotteswillen, Sie werden doch nicht glauben, Mutter, . . .

Grete:

Glauben Sie's nur, Mutter, oder besser, gehen Sie ihr einmal bis aufs Eck nach.

Poldi:

Jetzt schweig oder ich vergeß mich.

Grete:

Willst mich vielleicht auf Erbsen knien lassen? Aber das ist ja gesetzlich nicht mehr gestattet.

Poldi:

Pfui, wie ordinär!

Grete (nachäffend):

Pfui! Pfui solang Du willst, und jetzt geh' ich. Beim Vater vertret' ich's schon.

Mutter:

Dableiben wirst! Kinder, um Gotteswillen

zankt's nicht. Ich weiß nicht, wo mir der Kopf
steht, und jetzt fangts Ihr mir auch noch an.

Grete:

Soll die Poldi eine Ruh' geben.

Poldi:

Mutter, Sie sind Zeugin . . .

Grete:

Willst vielleicht einen notariellen Akt auf=
nehmen lassen? Du sekierst mich immer. Immer
stichelst Du auf mich. (Singt): „Und jede Deiner
Mienen klagt mich an . . ."

Mutter:

Kinder, Ihr bringts mich um.

Poldi:

Gretel, das ist doch nicht Dein Ernst.

} sehr
rasch.

Grete:

Ja, ja, ich vertrag' das niederdrückende Ge=
fühl Deiner Vortrefflichkeit nicht. Ich will Dich
schon herauskriegen. Du sollst sehen, wie schlecht
das ist, wenn man seine eigene Schwester immer
in den Schatten stellt. (Erwischt Mäntelchen und Hut,
will, beides in der Hand, schleunig ab, stößt in der Thüre auf
Köstler.)

Köstler:

Wohin denn so schleunig?

Grete:

Jessas, der Vater! Wie kommen Sie denn

so geschwind zurück? Das ist ja gegen die
Natur!

Köstler (rauchend, sehr erregt):

Weil ich Euch was Gutes zu sagen habe.

Mutter (mißtrauisch):

So?

Köstler:

Was sehr Gutes. Was sehr Glückliches.
Kinder, ich bin froh! Ich hab' ihn!

Poldi (neugierig teilnehmend):

Wen haben Sie denn Vater?

Grete (fällt rasch ein):

Wen denn? Das kannst Du Dir doch denken?
Den Geldgeber!

Köstler:

Du bist mein klügstes Kind, mein Herzens=
mäderl. Und ich laß nichts auf Dich kommen,
nicht ein Haar. Ja, ich hab' ihn endlich und
gottlob.

Alle:

Wer ist's denn?

Köstler:

Ein sehr reicher Herr. Einen Unnumerierten
hat er. Und wie er im Kaffeehaus gezahlt hat,
da hab' ich gesehen, er hat die Brieftasche voll
mit Tausendern gehabt.

Grete:

Gleich Tausender? Anders thut er's nicht? Und wie heißt er denn?

Köstler:

Das, das ist noch Geheimnis. Aber sicher ist's. Fragt's nur den Klaus! Klaus! Klaus!... Ja so, der ist nicht da. Der ist gleich mit dem Herrn gefahren.

Mutter:

Aber so gar schnell warst wieder da.

Köstler (großartig):

Ich bitt' Dich, wenn Männer handeln, und Männer, die wissen, was sie wollen....

Poldi:

Wie war's? Wie war's? War er lieb zu Ihnen?

Köstler:

Lieb, das ist zu wenig. Es war großartig, sag' ich Euch.

Grete:

Großartig, das ist ein etwas vager Begriff, möcht' mein Herr Professor sagen.

Köstler:

Alsdann, der Klaus ruft mich. Das wißt Ihr ja. Und ich geh' mit ihm ins nächste

Kaffeehaus, g'rad gegenüber. Wir kommen hinein, sitzt der Herr schon da. Der Klaus kennt ihn sehr gut, stellt vor. Ich schau' mir ihn an. Na, Menschenkenner bin ich und hab' mir gleich gedacht: „Der ist's oder keiner." So was Feines hat er an sich gehabt und draußen ist der Fiaker gestanden — pickfein muß ich Euch sagen, ich wünsch' mir selber keinen bessern, wenn ich einmal meinen hab'! Der Herr ist sehr lieb. „Sie beschäftigen sich mit Erfindungen?" fragt er mich. „Ja, natürlich," gebe ich zur Antwort. „Haben Sie schon Patente angemeldet?" „Ja," sag' ich; „Da spießt sich's eben mit dem Geld. Aber Ideen hab' ich, fertige Ideen für wenigstens zwanzig Patente. Eine besser, wie die andere." „Na, dann sollt's doch nicht so schwer sein, einen Kapitalisten dafür zu gewinnen?" meint er. „Ich selber interessiere mich lebhaft für er-finderische Talente." Na, und ich lach' vor Freuden: „Da werden S' schau'n, wenn ich Ihnen erst einmal meine Ideen entwickl'!" „Da-zu wird sich schon noch Gelegenheit finden," sagt er. „Ich komme bald wieder her, und der Herr Klaus wird uns schon in Verbindung erhalten." Steht auf, grüßt mich wirklich respektvoll, ich und der Klaus begleiten ihn zum Wagen, und der Klaus steigt mit ihm ein.

Mutter (argwöhnisch):

Hat er seinen Kaffee gezahlt, der Klaus?

Köstler:

Nein. Das kann ich doch nicht von ihm
verlangen, wo er mir so einen Dienst erwiesen
hat. Und ein Cigarrl hab' ich mir spendiert!
Du, Alte, das schmeckt gut! Und heut' Abend
muß ich ins Wirtshaus, damit die auch schau'n.
Der Jean schreibt mir schon auf. Und her-
gerannt bin ich, damit Ihr auch eine Freud'
habt. . . .

Grete:

Vater! Es ist doch ein wengerl wenig, wie
die Hausmeisterin sagt, wenn man ihr fünf
Kreuzer fürs Aufsperren giebt.

Köstler (erregt):

Ein wengerl wenig?! Alles ist's! Fragt's
nur den Klaus! Und stört mich nicht jetzt, wo
ich arbeiten muß, wie noch nie in meinem Leben.
Was fangt man nur an? Womit fangt man
nur an? Ich denk, mit meinem Meisenkasten.
Das ist das Rechte! Das ist eine Idee!

Poldi:

Mit Deinem Meisenkasten? Ja, was ist das
wieder, Vater?

Köstler (eifrig bocierend):

Ein ganz ein sicherer Artikel. Denk' Dir, es ist statistisch erwiesen, daß allein in Österreich-Ungarn jährlich viermalhunderttausend Buben ins Vogerlfangen geh'n....

Poldi (sehr gutmütig):

Nein, kümmert sich denn die Statistik auch darum?

Köstler:

Stör' mich nicht! Alsdann, ich will rechnen, es kaufen davon nur zweimalhunderttausend meinen Meisenkasten, oder vielmehr die Eltern kaufen ihn, weil sich die Buben immer in die Finger schneiden und häufig bösartig verletzen, wenn sie daran herumbasseln. So daß man meinen Artikel als einen im Grunde notwendigen und eminent sanitären bezeichnen könnte, der überdies noch den Vorteil bietet, daß er mit zwei Handgriffen ein vollkommenes Vogelhaus bildet.

Grete:

Sind gleich Sprösserln drin?

Köstler (wirklich zornig):

Grete! Mußt mir auch meine Freud' verderben? Ich red' nichts mehr!

Grete:

Nein, nein, sind Sie wieder gut, Vater!

Köstler:

Na also! Und um fünfzig Kreuzer geb' ich
den Kasten. Das ist doch gar kein Geld. Das
kann ein jeder, auch der Ärmste, opfern. Und
ich hab' schon berechnet, mich kostet er alles in
allem mit der Versendung und den Inseraten
sechzehn Kreuzer. Das macht einen reinen
Nutzen von vierunddreißig Kreuzern per Stück!
Mich schwindelt's Kinder! Das sind schon im
ersten Jahr allein für uns zwei achtundsechzig-
tausend Gulden!

Grete (sehr breit):
Nachher sind wir aus dem Wasser.

(Der Vorhang fällt rasch.)

II. Aufzug.

Scene wie im ersten Akt. Vormittag gegen ½11 Uhr. Polbi, besser angezogen als gestern, bei ihren Heften. Grete über einem Buch. Köstler am Tisch.

Köstler:
Die Mutter könnt' aber auch schon zurück sein.

Polbi:
Es ist eben weit, wenn man dort einkaufen muß, wo es am billigsten ist und wo man's bekommt.

Köstler:
Ich bitt' Dich, schau nach, wie spät es ist. Sie warten auf mich.

Polbi:
So um ½11 herum.

Köstler:
Wenn ich nur nicht so Kopfweh haben wollt'! Aber, bevor man den Leuten begreiflich macht, um was alles es geht bei so einer Sach'! Da hab' ich's Ihnen gezeigt und erklärt: Seht Ihr, so macht man's und da sitzt eine Feder und da

drückt man und dann wird's so. Bis einem
ganz trocken im Hals wird und man trinken
muß, um weiter reden zu können. Und immer
kommen sie mit einer neuen Frage, immer wieder
dümmer wie die frühere, bis man auf den Tisch
haut in seiner Zornigkeit. Dann haben sie ihre
Hetz und lachen in sich hinein.

Poldi:
Sie sind auch gar zu erregbar, Vater.

Köstler:
Bin ich. War noch jeder Köstler. Weil es
in uns immer kocht, und da kocht es denn
manchmal auch über. Und wo kein Mensch auf
einen eingeht oder sich die Mühe giebt, einen zu
verstehen! Wenn nicht der Klaus wär'! Und
kein Mensch nimmt die mindeste Rücksicht auf
einen. Zum Beispiel, die Mutter könnt' wirklich
schon zurück sein.

Grete (schlägt ihr Buch zu):
Warum warten S' denn auf sie?

Köstler:
Na, wir haben uns seit gestern noch nicht
gesprochen. Und sie war zornig, sehr zornig war
sie, wie ich zu Nacht nach Hause gekommen bin.
Und hat geweint. Und da, wie sie weggegangen
ist in der Früh', da hab' ich sie gehört, aber ich

hab' mir gedacht, ich bin doch der Herr im Haus, ich bin der Mann, ich geb' nicht nach und fang' nicht an. Und wenn einer die Familie erhält und sich opfert für sie, wie ich, so muß man ihm etwas nachsehen und nicht maulen mit ihm wegen jedem Glas, das er sich auf seine viele Plage ver= gönnt. Hab' ich recht, oder nicht, Kinder?

Grete (macht sich zum Ausgehen fertig):
Sie wird schon wieder gut, die Mutter.

Poldi:
Wohin willst denn, Gretel?

Grete:
In die Kirche muß ich. Man hat's jetzt gern, wenn man uns oft in der Kirche und recht andächtig sieht.

Poldi:
Das kann wohl wahr sein.

Grete:
Du! Fangst schon wieder an? Noch dazu vorm Vater?

Poldi:
Ich hab's wahrhaftig nicht so gemeint. Und wohin möchten Sie denn, Vater? Damit ich's der Mutter sagen kann, wenn sie nach Hause kommt und nach Ihnen fragt.

Köstler:

Ich bitt' Dich, wenn man so Kopfweh hat. Wohin eben jeder bessere Mensch am Sonntag Vormittag geht.

Grete:

Also auch in die Elfer-Meß.

Köstler

(geht auf und ab, spricht nichts, trommelt an den Fensterscheiben.)

Poldi:

Ich bitte Sie, Vater, ich hab' zu thun.

Mutter (mit einem Einkaufskorb):

So, das Mittagessen wär' da.

Poldi:

Sie sind müd', Mutter?

Mutter:

Es wird mir immer saurer. Die vielen Stock', die weiten Weg' und die vielen, vielen Jahr!

Poldi:

Ich werd' ihn in die Küche tragen.

Mutter (verwundert):

Was Dir nicht einfällt! Die Jahre her thu' ich alles allein. Dazu hab ich's Euch nicht lernen lassen, damit Ihr's nicht besser haben solltet, wie ich.

Köstler:

Bist noch bös, Annerl?

Mutter:

Nicht mehr, wie immer.

Köstler:

Du solltest es aber heute gar nicht sein! Wo wir vielleicht endlich am Wendepunkt unseres Schicksals stehen! Wenn man da schon in der Freud' ein bissel zu viel thut, da solltest Du nicht bös sein auf mich.

Mutter:

(wischt sich die Stirne, steht mühsam auf):

Wenn man nur endlich was davon sehen könnt'!

Köstler:

Wirst schon! Wirst schon! Und eher und besser als Du selber denkst.

Mutter:

Die Litanei kenn' ich, Pepi.

Köstler:

Na also, Pepi hat sie gesagt. Und paß nur auf, wie Dir nachher das gute Leben schmecken wird. Das weiß nur unsereins, der sich so ge=plagt hat, wie's nachher ist, wenn alles geht, wie es gehen soll.

Mutter:

Du haſt Dich geplagt? Du haſt Dir was abgeh'n laſſen?

Köſtler:

Na, Wortklauben mußt nicht. Wir haben uns geplagt. Redlich, die ganze Zeit her. Und meinſt, mir hat nicht das Herz weh gethan, wenn Du Dich gerackert haſt, wie keine Magd?

Mutter:

Du haſt Dein Herz früher gut verſteckt. Laß das. Ich hör' nicht gern davon.

Köſtler:

Überhaupt ſo gar ſchlimm war's ja nicht. Unſere Kinder haben wir erzogen. . . .

Mutter:

Wir? Und bis auf die Gretel!

Köſtler:

Wir haben ſie gottlob verſorgt. . . .

Mutter:

Wir? Und wieder bis auf die Gretel!

Köſtler:

No ja, Du haſt aufs Lernen gedrungen. Aber ich bin kein Freund davon geweſen; nicht für mich, nicht für andere. Hat's einer in ſich,

3*

so hat er's. Wenn nicht, so nutzt's nichts. Wir Köstlers haben's in uns.

Mutter:

Was denn?

Köstler:

Und die Gretel war niemals fürs Studieren. Wär' schad' um die Spitzbubenaugen. Die will ich versorgen. Ich! Und das wird dann ein anderes Gesicht haben, als die kommunale An= stellung. Ob mir nun der das Geld borgt oder nicht, das ist mir nachgerade gleich. Ich muß darangehen, meine Ideen zu realisieren. Millionen gehen Jahr für Jahr durch meine Hände, Millionen sag' ich. . . .

Mutter:

Um Gotteswillen, Du wirst doch nicht!

Köstler:

Hund beim Heu sein? Der Hund hat's leicht, denn er frißt kein Heu nicht. Ich aber . . .

Mutter:

Köstler, um die Barmherzigkeit Gottes, Du wirst doch nicht . . .

Köstler:

Gewiß werd' ich nichts Unrechtes thun, Narrerl. Aber ich denk' mir so: Wenn ich be=

stimmt weiß, welches Los den Haupttreffer macht,
und ich weiß, morgen oder meinetwegen erst in
einem Monat ist die Ziehung, und das Los ist
jetzt zu kaufen und nur jetzt, und ich hab' das
Geld darauf nicht, aber ich hab's in Verwahrung
und ich kann's zurückgeben reichlich und mit
Zinsen, so werd' ich kein Esel sein und das Los
nicht kaufen.   (Ab.)

Mutter:

Du redest doch nur so. (Zu Polbi): Noch eine
Sorg' mehr. Wo denkt der Mann nur wieder hin?

Polbi:

Sie wissen ja sehr gut, Mutter, der Vater
muß nicht immer was denken, wenn er was
redet. Es ist ihm eben nur was eingefallen.
(Setzt sich zu ihrer Arbeit, Mutter ab in die Küche, kommt
aber augenblicklich wieder.)

Mutter:

Ein Fräulein ist da und möcht' wen sprechen.
Willst? Ich kann nicht.

Polbi:

Kenn' ich sie?

Mutter:

Ich glaub' nein, ich kenn' sie gewiß nicht.

Polbi:

Bitt' Sie, Mutter, bleiben Sie da! Sie

wissen, ich fürcht' mich vor jedem fremden Menschen.

Mutter:

Haserl! Ich kann aber die Marie doch nicht allein in der Küche lassen, wo wir ein besseres Mittagessen auf dem Herd stehen haben. Sie hat bleierne Händ'. Was hineinfällt, das ist auch schon hingemacht.

Poldi:

Also, in Gottes Namen.

Mutter
(ab. In der Thür erscheint Lisi Klein.)

Lisi:

Sie entschuldigen, Fräulein! Aber Herr Felix v. Köstler ist nicht zu Hause?

Poldi:

Nein, Fräulein.

Lisi:

Gottlob!

Poldi (verwundert):

Gottlob?! Also, wünschen Sie von mir etwas?

Lisi:

Nein. Aber Sie entschuldigen noch einmal. Ich heiße Lisi Klein. Vom alten Trafikanten Klein, der früher einmal neben Ihnen gewohnt hat, die Lisi.

Poldi:

Ich erinnere mich nicht.

Lisi:

Ist auch gar nicht nötig. Wo ich noch so
klein war, wie Sie ausgezogen sind. Der junge
Herr v. Köstler hat freilich ein besseres Gedächtnis.
Ich bin nur hergekommen, weil ich mir gedacht
habe, er ist vielleicht krank. Und deswegen hab'
ich gesagt: gottlob, wie ich gehört hab', er ist
nicht zu Haus.

Poldi:

Möchten Sie nicht Platz nehmen, Fräulein?

Lisi:

Wenn Sie erlauben. Nur damit ich Ihnen
nicht den Schlaf austrag'. Aber (sehr herzlich) Sie
dürfen Ihrem Herrn Bruder nicht sagen, daß ich
da war. Er hat mir's sehr verboten, herauf=
zukommen. Und wissen Sie, er kann so streng
und grauslich sein, daß man sich fürchtet.

Poldi:

Ich weiß das, Fräulein.

Lisi:

Macht nix. Könnt' er sonst auch so lieb
sein, wie er es sein kann? Und das kann er,
und wie!

Poldi:

So?!

Lisi:

Gehn S', Fräulein! Aber eigentlich könnt'
ich jetzt geh'n. Krank ist er nicht, der Felix.

Poldi:

Nein, krank ist der Felix nicht.

Lisi (lacht gutmütig):

Na alsdann, so hätt' ich mich verplauscht.
Aber Sie werden mich nicht verraten. Wenn
wir Mädel untereinander nicht zusammenhalten
sollten!

Poldi:

Gewiß, ich kann schon schweigen.

Lisi:

Und Sie wollen mir nicht schaden; nicht wahr
nein? Denn, wenn er bös ist, der Felix, dann
ist er so zu einer, daß man sich am liebsten gleich
was anthun möcht'. Zum Beispiel ins Wasser.
Und gerad darum hab' ich ihn soviel lieb. Denn
wenn so einer nicht auch gut sein könnte, daß
man in einer Stunde eine Wochen vergißt — Fräu=
lein, wär' das nicht schrecklich auf der Welt?

Poldi:

Fräulein?!

Lisi:

Nicht wahr? Und er ist ein anständiger

Mensch und ein aufrechter Mann, und was er
verspricht, das hält er und das gilt und er kennt
keine Lüge?

P o l d i (unsicher):

Ich denke schon. Er ist freilich eigen.

L i s i :

Ich danke Ihnen. Sie wissen nicht wie!
Ich danke Ihnen. Wenn Sie nur wüßten, wie
und wie lang ich mich geängstigt hab', bis ich
da heraufgelaufen bin! Eine Wochen hab' ich
ihn nicht geseh'n, mit keinem Aug', wo er früher
jeden Tag da war, bei mir in der Trafik. Und
auf keinen Brief hat er mir geantwortet, wo ich
ihm täglich geschrieben hab'. Und nicht reden
dürfen!! Nicht einmal zum Vater!!

P o l d i :
(mit plötzlicher Herzlichkeit Lisis beide Hände ergreifend)
Sie armer Kerl!

L i s i :

Na, so schlimm ist 's ja nicht, noch nicht·
Man hält schon was aus. Aber die Angst auf
der Stiegen! Wie wird man Dich¦ aufnehmen
und wie Dich anschau'n? Fräulein! Sie sind
so ruhig, und Sie wissen gar nicht, wie das ist,
wenn man geglaubt hat — jetzt kommst ins
Himmelreich und dann steht man wieder auf der

Erd', und es regnet und ist windig, und alle
Thüren sind zu, und man weiß sich keinen Unter=
schlupf mehr. Und Sie haben was gelernt und
sind gut und wissen nicht, was das heißt, jemanden
so gar lieb zu haben.

Poldi:

Hängt das mit dem Lernen zusammen?
Vielleicht weiß ich 's doch.

Lisi:

Ich danke Ihnen, Fräulein. Jetzt bin ich
sicher. Und froh bin ich, daß ich da war und
Sie kennen gelernt hab'. Mit so einer Schwester
wird er doch nicht anders sein. Und eine Bitte!
Könnt' ich mir nicht sein Zimmerl anseh'n?

Poldi (verwundert, öffnet die Thüre):

Ja, warum denn? Ich bitte.

Lisi:

Ich möcht' doch gern wissen, wie er's gern
hat und wie er's gewöhnt ist. Hübsch hat er's!
Und so in Ordnung!

Poldi:

Dafür sorgt schon die Mutter.

Lisi:

Alsdann, jetzt geh' ich. Ich komm' so schwer
fort Vormittag. Wo's soviel zu thun giebt im

Geschäft. Und der Vater ist alt und jähzornig und hat die Gicht. Und ich hab' ihm sagen müssen, ich geh' einmal in die Meß. Der liebe Gott wird mir's verzeihen.

Poldi:

Das wird er gewiß. Und zu mir können Sie immer kommen.

Lisi:

Dürft' ich? Aber das geht so nicht. Vielleicht später einmal. Ich vertrag' mich so gern mit jedem. Was könnt' ich nicht alles von Ihnen lernen, Fräulein?

Poldi:

Nicht mehr, als ich vielleicht von Ihnen, Lisi.

Lisi:

Gehn S', reden S' nicht so! So dumm bin ich wieder nicht, daß ich nicht merken sollt, wenn man mich frozzelt. Und, Fräulein, es steht Ihnen nicht einmal.

Poldi:

Es war mein Ernst. Und damit Sie sehen . . . (Küßt sie in einer Wallung.)

Lisi:

Fräulein?

Poldi:

Sie sind ein lieber Kerl! Und ich hoffe, es wird Ihnen so, wie Sie's verdienen.

Stimme der Mutter:

Dr. August Weißl läßt fragen!

Poldi:

Gleich! Jetzt kann ich Sie nicht mehr halten, Fräulein! Behüt' Sie Gott, Fräulein Lisi. Und wenn Sie einen Rat brauchen sollten . . .

Lisi:

Lieber nicht. Dann bin ich schon verloren, wenn ich erst einen Rat holen soll. (Ab.)

Poldi (an der Eingangsthüre):

Herr Doktor! Herr Doktor!

Weißl (eintretend):

Guten Tag, Fräulein.

Poldi:

Es ist so hübsch, wenn einer pünktlich ist. Aber freilich, das lernen wir.

Weißl:

Gewiß, das lernen wir von amtswegen.

Poldi:

Wollen Sie sich's nicht bequem machen, Herr Doktor?

Weißl:

Wenn Sie's erlauben, Fräulein?

Poldi:

Warten S' ein bisserl. (Ab, kommt augenblicklich

mit einer Flasche Wein und zwei Gläsern.) So. Man will doch am Sonntag Vormittag auch was haben. (Schenkt ein.)

Weißl:

Aber stör' ich Sie nicht, Fräulein? Ich sehe da Bücher aufgeschlagen, sehe Hefte hergerichtet ...

Poldi (lacht):

Die! Das ist auch so eine Beschönigung für meine Faulheit. Die liegen seit Samstag Nachmittag da. Ich hab' auch noch Zeit damit. Alleweil ist mir was dazwischen gekommen, alleweil was, wovon man sich nicht so gern stören läßt, wie von Ihnen.

Weißl (mit einer Verbeugung):

Ich danke schön, Fräulein.

Poldi:

Na, na. Übrigens Herr Doktor, das Buckerlmachen ist gerade nicht Ihre stärkste Seite.

Weißl:

Ich habe mich dessen in meinem Leben auch sehr wenig beflissen.

Poldi:

Das glaub' ich Ihnen. Und nehmen Sie mir das Wort nicht übel, wo wir jetzt doch schon hübsch lange Kollegen sind und gute Freunde. Trinken wir eins darauf?

Weißl:

Ich bin zwar nicht gewohnt, Vormittag Wein zu trinken — aber . . . (Er klingt an.)

Poldi:

Herr Doktor, ich gestatte mir, Sie darauf aufmerksam zu machen, daß man einander dabei anzusehen pflegt.

Weißl (erhebt nochmals sein Glas):

Also, auf gute Kameradschaft, Fräulein v. Köstler!

Poldi:

Fräulein v. Köstler! Ich glaube dahier hat mich noch niemand so geheißen. Es kommt mir bei mir zu Haus so fremd und so feierlich vor. So wie wenn ich in einer Atlasroben Zimmer räumen sollt'. Gar heute. Ich hab' den Sonntag so gern. Keine Schul', keine Stund', kein Verdruß. Man nimmt eine Arbeit vor, nur damit man sie wegschieben kann — Du wirst doch nicht, wirst doch nicht, an so einem Tag . . .! Und das Faulsein thut einem so wohl! Denn Sie ahnen nicht, wie müd' ich manchmal bin.

Weißl:

Ich kann mir's denken. Sie sind nicht sehr empfänglich für's Französische, unsere czechischen Ziegelarbeiterskinder und unsere Urwiener in Favoriten.

Poldi:

Nein, das sind sie nicht. Und man möchte doch etwas leisten, wenn man schon das splendide Gehalt von 33 ¹/₃ fl. monatlich dafür bekommt. Dazu das Elend unter den Kindern. Da sind immer welche — man muß sie sich nur anseh'n und man weiß schon, sie möchten so gerne mit und sie können nicht vor Hunger und weil der Vater in der Fabrik ist und die Mutter geht ins Waschen und sie sollen auch noch auf Jüngere acht geben. Ich möcht' reich sein, um da helfen zu können.

Weißl:

Wenn ich reich wär', so wüßt' ich mir was besseres.

Poldi:

Was besseres? Nein, lieber Doktor! Was anderes vielleicht! Was besseres gewiß nicht. Und Sie reden auch nur so. Sonst wären Sie doch nicht Bürgerschullehrer geworden, mit Ihren Verhältnissen und Ihren Fähigkeiten. Ich bin recht gern in der Schule. Und mein Sonntag freut mich hauptsächlich deshalb, weil ich mich die Woche geplagt hab' und nun kein Elend vor mir zu sehen brauch'. Wir sind ja eben nicht reich, aber mir gefällt's bei mir zu Haus.

Weißl:

Sehen Sie, Fräulein, wenn ich Lehrer ge=

worden bin, so war das durchaus nicht meine
Wahl. Das waren die Verhältnisse, die Aussichts=
losigkeit eines höheren Strebens, die Unlust an
einem unsicheren Leben, die Sehnsucht nach einem
festen Beruf. Und wenn man das nicht erreichen
kann, was man wollte und sich vorgestreckt hat
— Du lieber Gott, man ist ja dumm in der
Jugend und überschätzt sich. Und das ist gut,
weil man zu gar nichts käme, wenn man sich
nicht zuviel vornehmen möchte. Also, dann lernt
man sich bescheiden, kriecht wo unter und ist mit
allem zufrieden. Aber der Sonntag ist mir
schrecklich. Ich muß vom Hause fort, weil mein
Zimmer geräumt wird und ich kann nicht in die
Schule und mag nicht auf die Kneipe, den Rauch
vertrag' ich nicht, ich hab' nie geraucht, einmal
war mir's zu teuer, jetzt mag ich nicht mehr,
und ich erkälte mich so leicht . . .

> Poldi:

Sie sollten eben wen haben, der acht giebt
auf Sie.

> Weißl:

Danke für die gute Meinung. Und dazu
kommt noch dieser greuliche Nachmittag. Was
erst da? Ich tauge nicht zum Vereinspielen.
Ich bin mir zu gut dazu, um mir von einem
vorkauen zu lassen, was er gestern erst gelernt

hat, von einem, der viel weniger weiß, wie ich, und sich natürlicherweise mit jedem Brocken freut, den er irgendwo aufgefunden hat. Und weiter=studieren, das hat doch gar keinen Zweck.

Poldi:

Muß denn alles auf der Welt einen Zweck haben?

Weißl:

Sie sprechen eigen!

Poldi:

Ich hoffe. Es spricht mir's doch wenigstens niemand vor.

Weißl (schroff):

Und kurz, ich mag den Sonntag nicht. Er zwingt mich zum Denken. Verkehr habe ich keinen. Komme ich wohin, so weiß ich, über eine Weile sehnen mich die Leute fort und gucken verstohlen nach der Uhr.

Poldi:

Ist mir doch noch nie eingefallen. Und ich denke, wir sind ziemlich viel beisammen.

Weißl:

Sie! Sie sind doch ganz was anderes! Oftmals denk' ich mir, schade, daß Sie ein Mädchen sind.

Poldi:

Na. . . . . . . Trinken wir noch eins. Auf
die Zeit, wo Sie sich auch auf den Sonntag
freuen werden. So. Jetzt war's doch schon
viel besser. Sie haben einen guten Kopf.

Weißl (lacht):

Das sollte man doch begreifen können. (Stößt
noch einmal mit ihr an.)

Poldi:

Und Sie haben Freud' zum Lernen. Mancher
begreift's nicht. Und es ist wichtiger, als man
glaubt. Ich hab' immer gern gelernt. Immer
und alles. Und ich bleib' nicht beim Fran=
zösischen allein. Ich will die Prüfung aus den
Realien noch machen, ich will definitiv werden.
Ich hab's von der Mutter.

Weißl:

Sie wollen jetzt noch?

Poldi:

Ja! Sie denken sich freilich, na, das hat doch
keinen rechten Sinn, wo die so alt ist! Aber
ich will. Ich will mich einmal ganz selber ver=
sorgen, weil's mich kein anderer wird. Der
Vater? Er ist der beste Mensch, und wenn Sie
nur wüßten, ein wie kluger Mensch er ist! Voller
Gedanken, voller Einfälle. Nur eben, er hat

kein Glück. Aber was ich Ihnen jetzt erzähle, das wird Sie doch gar nicht interessieren.

Weißl:

Sprechen Sie nur. Ich staune, wie tüchtig, wie gelassen, wie überlegt Sie sind.

Poldi:

Gehn S' doch! Das bin ich nicht gewöhnt. Unter den Geschwistern bin ich wohl die Mindeste.

Weißl:

Gestatten Sie mir, anderer Meinung zu sein!

Poldi:

Und ich bin gar nicht so überlegt. Wenn ich für mich allein bin, so denk' ich mir gern Märchen aus. Die erzähl' ich dann einmal alle vierzehn Tag' in der Erzählstund'. Wenn Sie nur einmal dabei wären, Sie möchten gucken, wie die schau'n.

Weißl:

Sie bringen Ihnen Poesie, Ihre eigene Poesie bringen Sie den Kindern der Not.

Poldi:

Wenn Sie so wollen, mir ist's schon recht. Da hab' ich mir heute eins ausgedacht. Oder es geht vielmehr schon lang mit mir herum.

4*

Weißl:

Erzählen Sie's, bitte!

Poldi:

Aber still müssen S' dabei sein! Ganz still!

Weißl (hascht nach ihrer Hand):

Fräulein! Fräulein Poldi!

Poldi:

Das war richtig. Aber still sein und in der Bank bleiben! Also: Es war einmal eine arme, arme Gänsehirtin. Sie hat bei ihren Eltern gelebt. Aber die haben das arme Mädchen durchaus nicht mögen. Und kein Mensch hat gewußt warum. Wenn sie abends nach Hause gekommen ist und sie war so recht sehr müd', weil die Gänse flattern können und sie mußte ihnen nach auf ihren beiden Füßen, so hat man ihr ihr bißchen Essen gegeben und hat sie in den Stall geschickt zu den Gänsen schlafen. Dann hat sie sich mit ihrem Kittelchen zugedeckt und hat geträumt von einem großen, großen Glück. Und das Glück saß auf einem weißen Pferd und hatte Augen, die leuchteten wie die Sterne über ihr, und sprach zu ihr mit einer süßen Stimme: Komm', liebes Mädchen! Liebes Mädchen, komm'!

Weißl (wiederholend):

Komm' liebes Mädchen! Liebes Mädchen, komm'!

Poldi:

Still sitzen und nicht mucken! Sonst....
Also: Sie ist größer geworden und um nichts
klüger. Immer hat sie sich umgeschaut, ob das
weiße Pferd nicht käme, feierlich und zierlich
von Schritt. Und auf nichts hat sie mehr acht
gegeben vor Sehnsucht. Ihre Lümpchen sind
zerfallen und da hat die Schulter hervorgeleuchtet
und da der Arm, und ihr war wirr und immer
wirrer im Herzen, ganz wirr. — Aber, mir
scheint, für die Schule wird das kein Märchen
sein!?

Weißl:

Nein, für die Schule wird das kein Märchen
sein.

Poldi (lacht):

So eine schlamperte Grebl! Und einmal ist
sie dagesessen am Wegerain, und der Wind hat
ihr das Haar genommen und es ist um sie ge=
flogen wie goldene Marienfäden. Die Sonne war
tief, und da hat ihr Haar gefunkelt wie nichts
in der Welt. Da ist er gekommen. Und es war
ein schöner, schöner Prinz, und hat sie angesehen
mit den Sternenaugen. Und tausend kluge Reden
hat sie sich ausgedacht gehabt früher, wenn er
nur käme, und was alles sie ihm sagen wollte.
Und nicht ein Wort hat sie gewußt und so

klein war sie in sich und vor dem Prinzen,
und er hat die Lippen aufgethan, als wollt' er
sagen: . . .

Weißl:

Komm', liebes Mädchen! Liebes Mädchen,
komm'!

Poldi:

Doktor! — Und wie sie geschwiegen hat, so
kehrt er sein Roß und reitet fort. Und sie steht
da und spannt die Arme aus und sieht all ihr
Elend und daß das so bleiben muß für ewig,
breitet die Arme aus, als wollte sie ihm nach-
fliegen — und er schaut sich um und sieht sie
und ihre Sehnsucht und sagt das Wort . . .

Weißl
(in höchster Bewegung aufspringend):

Komm', liebes Mädchen! Liebes Mädchen,
komm'!

Poldi (an seiner Brust):

Ah! . . . . Und möchtest noch, daß ich
lieber kein Mädchen wär'?

Weißl:

Nein, nein! Und ich hab' Dich so lieb! Und
so lang schon! Aber Du bist besser wie ich. Und
klüger wie ich. Und nobler wie ich. Und, und,
und, und — — und ich hab' mich nicht ge-
traut . . .

Poldi:

Du lieber Traumichnicht! (In der Thüre die Mutter.) Mutter! Dr. Weißl bleibt bei uns zu Tisch. Wohin willst denn schon wieder?

Weißl:

Ich möcht doch ein paar Blumen kaufen, gleich bin ich wieder da.

Poldi:

Gleich, ich bitt' Dich gleich! (Weißl ab.) Mutter, ich bin Braut! . . .

Mutter:

Bist Du's? Nun also!

Poldi:

Mutter! Und so glücklich bin ich! Ich muß Sie küssen, Mutter! Das hätt' ich niemals gedacht, ich könnt' Ihnen jemals einen Kuß nur so in Stellvertretung geben. Niemals, nein.

Mutter:

Bleib's nur, Poldi!

Poldi:

Und Sie wünschen mir kein Glück, Mutter?

Mutter:

Ich wünsch' Dir Glück. (Pause.)

Poldi:

Mutter, Sie sind so eigen, so frostig. Mutterl,

sind Sie nicht so! Sie wissen, schon als Kind,
wenn man mir was geschenkt hat und es hat den
Tag nur ein Mensch ein verdrießliches Gesicht
gemacht, so hat's mich nicht mehr gefreut und
wenn ich vorher wie närrisch damit war.

Mutter:
Ja, so warst Du immer, leider.

Poldi:
Und heut, wo ich das beste Geschenk be=
kommen hab', heut sollten S' mir meinen doppelten
Sonntag nicht verderben.   Sonst graut mir's vor
der Wochen.

Mutter:
Graut Dir's? Jetzt schon?

Poldi:
Mutterl, reden S' nicht so! Oder reden S'
deutlich! Mich bringt's um, wenn man so mit
Andeutungen um mich herumgeht. Ich vertrag'
nichts Unklares. Ich muß wissen, was man von
mir will.

Mutter:
Ich hab' jetzt keine Zeit.

Poldi (heftig):
Da bleiben S'! (bittend) Martern S' mich
nicht! Ich bitt' Sie Mutterl! Aber mir hat man

niemals eine Freud' gegönnt! — Niemals und
von kleinauf nicht! Das war immer so.

Mutter:

Na, na! Das ist wieder nicht wahr, das
weißt bei Dir selber.

Polbi:

Wahr ist's . . Oder gönnen Sie mir's jetzt?
Ich bin glücklich, und Sie machen so ein Gesicht,
daß es mich friert.

Mutter:

Ich hab' jetzt keine Zeit. Bis Du ruhiger bist.

Polbi:

Jetzt, Mutter, jetzt? Oder ich weiß nicht,
warum ich allein mich nicht freuen soll, wo's eine
jede thäte. Sagen Sie's mir!

Mutter:

Hast mich denn um meine Meinung gefragt?
Du oder sonst einer? Und auch nur einmal und
in einer Sache?

Polbi:

Sie sehen aber, ich zittere darauf. Und ich
hätte keine ruhige Stunde, eh' ich's nicht gehört
hab'.

Mutter:

Willst? Willst wirklich?

Poldi:

Ich bitt' Sie zum letztenmal drum.

Mutter:

Ich brauchet eigentlich gar nichts zu reden. Schau mich an, Poldi!

Poldi:

Nun? . . . Und, Mutter?

Mutter:

Meinen Weg willst Du gehen, und ich soll mich freuen?

Poldi:

Mutter! Mutter! Mutter!

Mutter:

Geschwiegen hab' ich, dreißig Jahr' lang geschwiegen. Und was ich gesprochen hab', das war nur, damit man nicht glaubt, da geht so ein Stummerl unter Euch herum. Oder wenn ich gelacht hab', so hab' ich's nur, weil ich geglaubt hab', es schreit so laut in mir, daß auch Ihr es hören müßt. Und das will ich nicht.

Poldi:

Um Gottes Willen, Mutter, reden S' nicht so!

Mutter:

Jetzt schweig' ich nimmer, ob Du's magst oder nicht. Jetzt hör's zu End'. Du hast nichts, er

hat nichts. Leg zweimal nichts zusammen, wie
Du willst, es kommt ewig wieder nichts heraus.

Poldi:

Er ist ein so tüchtiger Mensch! Und so ernst
und strebend!

Mutter:

Glaubt eine jede von Ihnen. Hab' ich vom
Vater auch geglaubt.

Poldi:

Und ist er's denn nicht?

Mutter:

Der?!

Poldi:

Mutterl!

Mutter:

Ja, bist wirklich noch so jung in Deinen
Jahren, daß Du noch ein Wort glaubst, was er
spricht? Wo's die Gretel nicht mehr thut? An
einen von seinen Plänen?

Poldi:

Aber August ist es! Die Wahrhaftigkeit
selber! Und wir haben am Ende zu leben.

Mutter:

Ja! Du Deine paar Gulden und er die
seinen. Das reicht. Aber wie lang?

Poldi:

Und wir haben einander so sehr lieb! Und ich will ja weiter, Mutter! Ich will es.

Mutter:

Ja, willst Du? Als wenn eine Frau nur so sagen könnte, ich will! Wo sie nicht weiß, ob's nicht mit dem ersten Kind gar ist für immer mit dem Wollen. Und sich lieb haben! Das hört sich schön an. Aber das ist, wenn's die Leute zusammenbindet wie ein Strick. Und wenn sie's dann beisammenhalten soll, so ist es wie ein Spinnweb ... Es belästigt ...

Poldi:

Mutter! Um Gottes Barmherzigkeit willen!

Mutter:

Ich hab' Deinen Vater auch gern gehabt. Und wir haben besser angefangen, als Ihr jemals können werdet. Wo ist alles? Geld und Neigung? Ausgesaugt hat er mich durch die Jahre — ausgesaugt wie eine Zecke, meine Jugend, meine Gesundheit, meine Freud' am Leben — fort ist alles, alles ist fort. Ich hab' nichts gehabt, ich hab' nichts, ich werd' nichts haben. Und jetzt wo ich Dich fallen seh' dorthin, wo ich versunken bin, jetzt soll ich schweigen?

Poldi:

Mutter! Aber wir haben einander so lieb und wir achten einander so!

Mutter:

Es wär' schlimm, wenn's nicht jetzt so wär! Aber probier', wie lang das dauert! Probier's erst! Achte Deinen Mann, wenn Du einmal siehst, er kann Dir nicht einmal das Notwendigste schaffen. Nimm nur, Du wirst krank, und Du hast weder erst Deine Pflege, noch Deine Er=holung nachher, wie's sein soll. Und alle kommen ihm voraus und bringen's weiter, wie er — achte ihn dann, wenn Du noch kannst!

Poldi:

Mutter, das ist so schrecklich. Ich fürchte mich beinahe.

Mutter:

Wenn Du Dich nur fürchtest, dann ist nichts verspielt. Und Dein bissel Hübschheit vergeht in lauter Kummer. Eine andere wird neidig. Und wieder eine andere wird schlecht. Du hast das nicht in Dir. Du wirst Dich härmen und fragen, warum hab' ich's gethan und warum muß ich und ich allein gehen, gehen und immer nur gehen, und es fahren die anderen. Und dann stehst Du einmal da wie ich, ganz wie ich.

Polbi:

Mutter! Mein Mutterl! Wie reden Sie?

Mutter:

Wie man mich's gelernt hat — dreißig Jahr'
durch und jeden Tag, den Gott gegeben hat.
Du, so eine Lektion weiß man nachher auswendig.

Polbi:

Und er? Mutter, was soll ich ihm sagen?

Mutter:

Besser, er härmt sich jetzt als später. Polbi,
mein Herzerl! Er ist nicht mehr so gar jung,
er hat sicher seine Mucken, er ist nicht gewöhnt,
sich um andere zu sorgen. Wird er's jetzt noch
lernen? Und weißt du denn, wie er bleibt und
wird? Gut sein, wenn's einem gut geht, das ist
keine Kunst. Wenn man nur zugreifen muß in
die volle Lade! Man hat's ja! Aber sonst —
da trifft's keiner, keiner, sag' ich Dir.

Polbi:

Was soll ich nur thun, Mutter? Was thun?

Mutter:

Allein bleiben! Und hart bleiben! Damit Du
nicht überall den Spiegel hast, der Dir zeigt:
Ich bin elend, Du bist elend, wir sind's alle!
Daß Du Dich nicht sorgen mußt: Haben Deine

Kinder auch noch den Respekt vor Dir, den sie haben sollen oder geht da nicht schon Eins herum, wie die Gretel herumgeht unter uns?

Poldi:

Die Gretel?! Allein sein, Mutter! Allein bleiben!

Mutter:

Immer allein! Thut's weh, Poldi?

Poldi:

Weh, sehr weh, Mutter!

Mutter:

Halt aus, mein Mädel, halt aus! Besser jetzt, als ein Leben lang.

Poldi:

Es wird schon geh'n. Wenn nur die nächste Minute vorüber wär'! Jesus, Maria, steht mir bei! (Es klopft.)

Weißl:

Und hier bin ich. War ich schnell? Hier, ich bitte Dich! Es ist wenig, aber für den Anfang . . .

Mutter:

Herr Doktor, meine Tochter ist unwohl.

Poldi:

Mutterl! Lassen S' mich! Das muß ich ihm allein sagen und grad' heraus. Herr Doktor,

Ihre Blumen nehm' ich und ich will sie aufheben
mein Leben lang, aber heiraten kann ich Sie
nicht. Sie kann ich nicht und einen andern mag
ich nicht.

Weißl:

Fräulein, Sie belieben sonderbar zu scherzen.

Poldi:

Recht haben S'! Und schimpfen S' nur auf
mich! Und stellen Sie mich nur hin vor den
Leuten, wie's eine nicht anders verdienen thut,
die mit einem Manne ihr Spiel getrieben hat,
den sie niemals wert war, niemals.

Weißl:

Aber Fräulein, ein Wort des Grundes!

Poldi
(die Blumen vor'm Gesicht):

Wie süß sie nur riechen! Mutter, ich heb's
auf mein Leben lang. Und schimpfen müssen S'
über mich, Doktor!

Weißl:

Das werd' ich nicht. Und ich komme wieder.
So leicht laß ich Sie nicht!

Poldi:

So geben Sie mir die Hand! Behüt' Sie
Gott tausendmal.

Weißl:

Poldi, einen Grund?! Lassen Sie mir die
Hand.

Poldi (aufschreiend):

So martern S' mich nicht! Seien S' barm=
herzig! Gehen S'! (Weißl ab.) Mutterl halten
S' mich, mir wird schwach.

Stumme Pause. Alsdann Köstlers Stimme: „Anrichten!
Anrichten! Ich hab' einen Hunger!" Köstler selbst, Hut schief
auf dem Kopf, geräuschvoll eintretend.

Köstler:

Was giebt's denn schon wieder? Fesch sein,
sag' ich, fesch sein, Kinder, fesch sein ist Alles!

(Der Vorhang fällt.)

III. Aufzug.

Dieselbe Scene. Wenn der Vorhang aufgeht, ist es ganz dunkel. Im Zimmer Poldi allein. Alsdann Lisi. Die erste Scene muß sehr leise gespielt werden.

Lisi:

Ich danke Ihnen, Fräulein. Der Felix ist zu Hause?

Poldi:

Ja. Seit einer Weile. Ich werd' ihn gleich rufen.

Lisi:

Ich danke Ihnen noch einmal. O, du lieber Gott, wenn man sich nur nicht soviel ausstehen müßt' auf der Welt!

Poldi:

Beruhigen Sie sich doch, liebes Fräulein, beruhigen Sie sich!

Lisi:

Ja, das ist leicht gesagt. Wissen S', Sie haben gut reden.

Poldi:

Das ist wohl noch nicht so ausgemacht. Viel=

leicht nicht um ein Haar beſſer als Sie. Glauben
Sie mir, man weiß erſt ſo recht, was Mitleiden
iſt, wenn man etwas Ähnliches durchgemacht hat.

Liſi:

Nein, Fräulein! So hart wird Sie der liebe
Gott nicht geſtraft haben. Iſt an Einer grad
genug. Dafür ſind Sie auch zu klug, Fräulein.
Aber ich — immer hab' ich gehört, hübſch und
klug vertragen ſich nicht miteinander. Ich hab'
gelacht dazu, gelacht wie der Narr, der ich war.
Jetzt glaub' ich's. Es giebt nichts Dümmeres
auf der ganzen lieben Welt, als ein armes und
hübſches Mädel.

Poldi:

Fräulein!

Liſi:

Ja ſchau'n S' mich nur an! Es iſt ſo! (Pauſe.)

Poldi:

Sie armer Kerl! Aber dann — er wird
doch kein Lump ſein. (Geht zu Felix' Thür, klopft an.)
Felix!

Felix' Stimme.

Was iſt?

Poldi:

Es muß Dich jemand ſprechen.

Felix' (Stimme.)

Du weißt, ich bin ein für allemal zu Hause
für Niemanden zu sprechen.

Poldi:

Aber es ist sehr bringend. Er muß noch
heute mit Dir reden.

Felix' Stimme:

Ich komme gleich. Aber daß es mir das
letztemal ist.

Poldi:

Ja, ja! (Entzündet die Lampe, die Thüre Felix' geht auf):

Felix (eintretend):

Nun? Ach, Fräulein Klein! (Zu Poldi.) Laß'
uns allein! Ich bin wirklich neugierig, was das
Fräulein von mir haben will. (Poldi ab.)

Lisi:

Felix!

Felix:

Nun?

Lisi:

Felix! Geh, sei nicht so zu mir!

Felix:

Ich habe Dir strengstens untersagt, von An=
beginn unserer Beziehungen, mich jemals hier auf=
zusuchen. Du weißt, ich verlange Gehorsam und
Fügsamkeit.

Lisi:

Fügsamkeit? Das ich zu wenig fügsam gewesen wäre, kannst Du wohl nicht behaupten. Eher zu viel. Und was soll ich machen? Geschrieben hab' ich Dir und keine Antwort bekommen. Gewartet hab' ich, wo ich nur geglaubt hab', ich könnt' Dich treffen. Soviel sind vorbeigegangen, soviel, und immer hab' ich geglaubt, jetzt ist er's — und ewig warst Du es nicht. Und man möcht' weinen und traut sich's nicht. Und die ewige Angst, der Vater merkt's. Jessas, Felix, der Vater!

Felix:

Ich fordere auch unbedingtes Vertrauen.

Lisi:

Na, mir scheint, das hab' ich Dir auch genug bewiesen. Eher zu viel.

Felix:

Und daß Du mir herkommst und mir eine Scene machst! . . .

Lisi:

Mach' ich Dir eine Scene? Ich möcht' mich nur aussprechen mit Dir.

Felix:

Das hilft zu nichts.

Lisi:

Ja, was denn soll helfen? Oder willst mich ganz hilflos lassen?

Felix:

Du bist mir heute schon zu exaltiert. Ein andermal, wenn Du ruhiger geworden bist.

Lisi:

Ich kann nicht warten. Und wenn ich schon exaltiert bin, wär's denn ein Wunder bei dem Zustand?

Felix:

Bei dem Zustand?

Lisi:

Ja, schau mich nur an!

Felix:

Das ist höchst, ja wirklich höchst unangenehm?

Lisi:

Man könnt' nicht behaupten, daß Du Dich sehr aufregen thust.

Felix:

Ich wüßt' auch nicht, wozu denn die Aufregung eigentlich gut sein soll.

Lisi:

Felix! Ich bitt' Dich, Du kannst nicht so schlecht sein.

Felix:

Ich mache Dich darauf aufmerksam, daß ich Beleidigungen durchaus nicht vertrage.

Lisi:

Du mußt's nicht so genau nehmen! . . . . Ich sag' Dir, der Vater erschlagt mich.

Felix:

Das hat noch ein Jeder gesagt.

Lisi:

Aber meiner thut's!

Felix:

Gethan hat's leider noch Keiner.

Lisi:

Felix! Pfui! Wie roh!

Felix:

Du mußt es mit mir auch nicht so genau nehmen. Die Sache ist doch wirklich höchst un=angenehm für mich.

Lisi:

Unangenehm? Ich weiß nicht, was thun, ich steh' da in meiner Not — und er spricht von „unangenehm."

Felix:

Ich bin nun einmal kein hitziger Mensch. Ich

war's nie. Von der Sorte haben wir in der Familie genug.

Lisi:

Aber ein anständiger Mensch bist Du doch?

Felix:

Ich denke schon.

Lisi:

Dann thu', was ein jeder in Deiner Lage thäte.

Felix:

Thät's ein jeder? Das scheint mir noch nicht so ausgemacht.

Lisi:

Felix!

Felix:

Und überhaupt, bin ich denn dazu verpflichtet? Ich habe Dir die Ehe mit keinem Wort versprochen.

Lisi:

Nein, das hast Du nicht.

Felix:

Wozu also das Drängen?

Lisi:

Wozu? Und versprochen hast Du mir's nicht? Nein. Gewiß nicht. Schriftlich schon gar nicht.

Felix:

Na also. Wegen einer Übereilung soll ich
meine ganze Zukunft wegwerfen? Ich sehe nicht
ein, wie ich dazu komme. Ich stehe eben im Be=
ginn meiner Carrière. Ich habe mir glänzende
Verbindungen geschaffen, ich kann reich heiraten.
Ich kann dann etwas für meine Familie thun,
die es sehr braucht, und kann es selbst zu etwas
bringen. Wenn Du mich lieb hast, wirst Du
mir nicht im Wege steh'n.

Lisi:

Und ich, Felix, und ich!

Felix:

Das wird sich schon finden. Nur keine Über=
eilung. Ich bin ein anständiger Mensch, ich
werde immer für Dich thun, was ich kann. Aber
erst muß ich mich selber rühren können.

Lisi:

Felix: Ich will mich schinden mein Leben
lang, und ich will trocken Brot essen, nur damit
es Dir an nichts abgehen thut, und will glücklich
sein dabei. Und ich will Dich halten, wie man
einen Heiligen hält im Kapellerl, und es soll Dir
nichts fehlen und ich will mich verstecken vor den
Leuten.

Felix:

Das sind so Phrasen . . .

Lisi:

Und ich will Dir nicht im Weg sein, in keiner Weise. Und Du sollst den Himmel haben, so= weit Dir ihn Eins schaffen kann. Und alle Plag' soll für mich sein. Nur laß' mich nicht im Stich.

Felix:

Du solltest mich doch schon besser kennen. Mit Bitten ist bei mir nichts zu richten. Und wenn mir selber das Herz bricht dabei, mein Pfad ist vorgezeichnet und mich bringt man nicht ab davon.

Lisi:

Felix, überleg' Dir's.

Felix:

Eine Unüberlegtheit büßen für immer? Es hat Jeder seins zu tragen.

Lisi:

Felix, überleg' Dir's. Aber gut!

Felix:

Es hat keinen Sinn. Es wird nicht anders dadurch. Ich mag auch nicht lügen.

Lisi:

So! Du magst nicht lügen! Und Dein ganzes

Getn um mich war keine Lüge? Du haft mir's Heiraten nicht verfprochen. Ja. Aber wie foll das ein braves Mädel nehmen, wenn Du mit ihr fprichft, wie das einmal fein wird, und fo werden wir's haben und immer wir. Und wenn Du den Gerechten fpielft in Kleinigkeiten, nur damit Du den Lumpen machen kannft im Ganzen . . .

Felix (drohend):

Lifi!

Lifi:

Ich fürcht' mich nimmer. Nur daß ich mich weggeworfen hab', reut mich. Schaut Euch ihn an, den großen Herrn! Denk' an mich, Felix; Wirft Grund haben. (Rafch ab, Felix kopffchüttelnd in fein Zimmer.)

Stimme Köftlers:

Na, was fagft, Alte?

Stimme der Mutter:

Wunderfchön ift's.

Stimme Köftlers:

Ja, gelt, ein Gufto! Verftehen thu ich meine Sach!

(Es treten ein Köftler, Mutter, Grete, Polbi, fpäter Felix.)

Köftler (die Hände reibend):

Na, ich freu' mich auf heut Abend. Nach

dem Nachtmal ein gutes Cigarrel. Ja, wenn man
sich das nur jeden Tag vergönnen dürft'!

Poldi:
Bleiben Sie heute Abend zu Hause, Vater?

Köstler:
Ich denk', ich denk'. Gewiß weiß ich's frei=
lich nicht. Es kann schon noch eine Störung
kommen. Aber ich möcht's nicht. Um keinen
Preis. Nicht wenn's Graz gilt. Ich hab' so
einen Schlaf in mir.

Mutter:
Du hast auch die letzten Nächte schlecht ge=
schlafen. Du müßtest Dich mehr halten in Deinen
Jahren.

Köstler:
Wird schon noch kommen. Bis erst die
Laufereien einmal vorüber sind. Bis man die
Concession hat. Sie sind so viel langweilig dabei.
Wahr ist's, was die Zeitungen immer schreiben.
Man will keinen Unternehmungsgeist bei uns.

Grete:
Was für eine Concession?

Köstler:
Nun, für unsere Fabrik.

Grete (gedehnt):

Gehn S'! . . . Was denn für eine Fabrik?

Köstler:

Das werdet Ihr schon sehen. Ich sag's nicht. Aber es ist ein famoser und ganz origineller Einfall.

Grete:

Zeit wär's, Vater. Es will ja niemals mehr klecken. Und nicht wahr? Ich darf Schlittschuh= laufen, wenn's was wird? Und Sie nehmen mich endlich einmal aus der Schul'? Und ich krieg' ein fesches Costüm fürs Eis?

Köstler:

Alles kriegst, alles, Du zuerst. Poldi, mein Kind! Und Du wünschst Dir nichts?

Poldi:

Nein, Vater, ich wünsch' mir nichts.

Köstler:

Geh, mach' kein so tragisches Gesicht. Schau, wenn ich die Gretel nur anseh', so hab' ich meine Freud', so fesch ist sie und so lustig und so voller Witz. Die wird schon ihren Weg machen. Um die braucht mir nicht bange zu sein. Was braucht denn auch ein Mädel die Lernerei? Wenn's nur hübsch ist und gesund, und für's andere wird sich schon Rat finden.

Polbi:

Es ist eben nicht ein jedes, wie's andere. Ich bin halt ernst.

Köstler:

Aber sonst bist doch vergnügt, fidel in Dir? Denn das ist die Hauptsach'.

Polbi:

Ich bin's auch, Vater.

Köstler:

Armer Narr, siehst mir nicht darnach aus.

Grete (singt):

An ihr nagt der Kummer, der tiefe Kummer, die Herzenspein.

Gleichzeitig $\left\{\begin{array}{l}\textbf{Mutter:} \\ \textbf{Polbi:}\end{array}\right\}$ Grete!

Köstler:

Ah, laß' nur gut sein! Das übertaucht man. Und wer weiß, wenn alles wird, wie's sein soll, so wird's auch bei Dir noch ausgehen. Ich bin alt. Ich will nichts mehr vom Leben. Nur Euch möcht' ich noch glücklich sehen und versorgt. Alles für Euch. Für Euch hab' ich mich gerackert, und wenn das Glück einmal kommt, so möcht' ich dabei sein, und wenn's Dukaten regnet, so will ich nicht mit der hohlen Hand, sondern mit der Mützen dastehen und Meins haben und auffangen.

Mutter:

Wenn's nur Gulden wären!

Köstler:

Was willst? Ist's nicht schon besser geworden? Sind nicht alle Rechnungen bezahlt.

Mutter:

Es ist bei uns schon ein paarmal besser ge=worden, aber nie hat's gehalten. Und was immer hernach gekommen ist. Ich mag nicht daran denken.

Köstler:

Daß Du einem doch immer mit so etwas kommen mußt!

Mutter:

Sei nicht bös! Ich kann durchaus nicht daran vergessen, was ich schon durchgemacht habe.

Köstler:

Aber jetzt, jetzt, wo alles im besten Gang ist. Heute bin ich den ganzen Nachmittag herum=gefahren nach dem Amt. In Favoriten war ich, Lokalitäten suchen für die Fabrikation. Was man da alles für Leut' und für Elend sieht! Nicht zum glauben. Das ist auch nicht so einfach, das finden. Meinen Plan hab' ich mitgehabt, auf

dem alles verzeichnet steht, wie ich's grad brauch'
und gelaufen bin ich, wie ein Narr, ich weiß
gar nicht, wieviel Stöck'.

G r e t e :

Und haben S' was Rechtes gefunden?

K ö ß l e r :

So halb und halb. Und wie ich an der
Schul' von der Poldi vorbeigefahren bin, hab'
ich mir gedacht: Siehst einmal nach, was das
Mädel treiben thut! Aber ich hab's sein lassen.

P o l d i :

Warum denn, Vater? Ich hätte mich gewiß
mit Ihnen gefreut.

K ö ß l e r :

So, hättest das? Na, es wird schon noch
sein. Und in einem feschen Fiaker. Nicht so in
einem lumpigen Einspänner, wo man sich eigent=
lich nur genieren thut. Alsdann bin ich in die
Stadt und hab' mir überlegt, wo man sich das
Gewölb' aufmachen wird. Das ist sehr wichtig.
Bei so einem Artikel ist das Detailgeschäft eigent=
lich eine Hauptsach'. Und weil ich in der Stadt
war hab' ich halt die guten Sacherln gekauft,
den Aufschnitt für heut' abend — ich bitt' Euch,
was man dahier beim Kaufmann kriegt, das ist
doch ein rechter Schmarrn! — und das Ganserl,

damit man einmal einen guten Abend hat. Und
richtig. Felix!

Felix:

Sie wünschen, Vater?

Köstler:

Du bist alleweil der Noble. Da hast, die
hab' ich Dir in der Specialitätentrafik gekauft.
(Reicht ihm eine Schachtel Cigarretten, Felix zündet sich eine an.)

Felix:

Ich danke, Papa, sie sind gut.

Köstler:

Dürfen's auch sein für das, was sie kosten.
Und mir offerierst keine? . . . So, ich danke.
Daß so was so ein Sündgeld kostet. Ich hätt'
nicht das Herz dazu! Und Du, Alte, läßt eine
richtige Pitschen Bier kommen, daß man sich
einmal ordentlich vergnügt zusammensetzt. Kinder,
das Christkinderl geht um. Wer weiß, was es
uns Allen Gutes bringt! (Ab in sein Zimmer, Felix
in seines.)

Dienstmädchen kommt, deckt den Tisch.

Grete:

Mutterl! Lassen S' mich den Aufschnitt anrichten. Ich kann's und ich thu's gern so, daß
er recht gustios wird. Ja?

Mutter:

Meinetwegen. (Grete ab.) (Zum Dienstmädchen:) Wir werden allein decken. Geben Sie acht in der Küche. (Dienstmädchen ab.) Vor dem Mädel geniert sie sich doch ein bischen. Sonst nascht sie Alles zusammen, was gut ist. Komm, wir wollen's hübsch machen. Es ist selten genug, daß wir alle einen Abend zusammen sind.

Poldi:

Ja, es ist selten genug.

Mutter:

Gieb mir den Aufsatz herunter. Mir thut's weh, wenn ich mich recken muß. Das sind die mürben Knochen. Ich weiß nicht, wie mich das bisserl Silber auf meinem Tisch freut. Es hat so was feierliches an sich, so was Blankes und Helles, so was von der Kirchen. Den hab' ich noch von meiner Mutter her. Du, da war Silber! Wir haben's ja gehabt. Na, bei uns hat sich's nicht gehalten. Ich hab' ihn öfter nicht gesehen als, ja.

Poldi:

Wenn er sich jetzt nur hält!

Mutter:

Wir müssen's hoffen. Aber, wenn man sich denkt, wie viele Hände haben daran schon herum=

gegriffen an dem Silber, so hat man freilich das
rechte Vertrauen nicht mehr und nicht mehr die
rechte Freud'.

Poldi:

Das rechte Vertrauen hat man nicht mehr.
Nein. Und die rechte Freud' hat man nicht mehr.

Mutter:

Sollten wir nicht wieder einmal die Servietten
hübsch legen? Du hast das gar so lieb können.

Poldi:

Wenn sie meinen, Mutter.

Mutter:

Probieren wir's halt wieder.

Poldi (in der Arbeit):

Wenn ich nur nicht so müd' wär'! Mir
thun die Füß' immer weh. Sowie manchmal
im Traum. Man muß wem nachlaufen, man
weiß nicht wem, und lauft und wacht auf tod=
müd, und ist doch nur in seinem Bett gelegen.

Mutter:

So, jetzt ist's hübsch. Wenn man noch ein
paar Blumen hätt . . .

Poldi:

Nehmen S' meine. Gar frisch werden sie
freilich nimmer sein. Aber es ist noch nicht so
lang her und ich hab' soviel darauf geweint.

Mutter:

Poldi, red' nicht so. Du zerreißt mir das Herz.

Poldi:

Nicht bös sein, Mutterl! Das ist so gekommen!

Mutter:

So wird's auch so vorübergehen.

Poldi:

Kann sein. Und schweig' ich denn nicht genug?

Mutter:

Zuviel schweigst Du, mein armes Mädel, zuviel! Und das frißt Dir das Herz ab.

Poldi:

Mit wem soll ich denn reden? Und was? Und es wär' ja noch zum Aushalten, wenn man einander nur aus den Augen gekommen wär' für immer. Aber so.

Mutter:

Poldi, mein liebes, liebes! Reg Dich nicht so auf.

Poldi:

Ich thu's ja gar nicht. Aber wenn ich in meine Schule komm', so ist er da. Und wenn ich meine Stunde geb, so hat er vielleicht grad die in derselben Klass' hinter sich, und ich spür's ordentlich, daß er in dem Zimmer gewesen ist.

Und wenn ich heimgeh', so hat er früher auf
mich gewartet und wir sind zusammengegangen,
haben geplauscht, und ich hab's so gespürt im
Gehen, wie wir ineinandergewachsen sind immer
mehr und mehr und innerlich. Und damit ist's
nun aus und für immer; und ich schlepp' mich
so, ein' Tag, noch ein' Tag und alle, alle Tag'.

Mutter:
Poldi, Du bist zu weich. Härter werden.

Poldi:
Zu weich? Wo ich's aushalt'? Und alles
thu, was ich thun soll? Und dann ist er so
traurig und so still. Wär' er grob geworden
mit mir, hätt' mich zusammengepackt vor die
Leut', so wär' Alles gut. Aber so . . . Und
ich weiß ja, Mutterl, Sie haben Recht gehabt,
tausendmal Recht gehabt, und es war das Beste
für mich und gar für ihn. Aber ich war glücklicher,
wo ich blind war und blind wohin gegangen
wär', vielleicht in mein schlimmstes Elend. Und
ich bin hier nicht zu Haus mehr, wo ich jetzt
seh', wie der Vater ist, und mich verstellen muß,
und bin nirgends auf der Welt mehr zu Hause.

Mutter:
Das wird sich schon legen. Poldi, beiß' die
Zahnderln zusammen!

Poldi:

Ja, das haben Sie mir immer gesagt, wie ich noch klein war. Und dann hab' ich gefolgt. Aber ich hab' niemals gewußt, was ein rechtes Glück ist. Nur den einen Sonntag. Na, so gar lang hat's nicht gedauert. Eine Viertelstund', und dann war's aus damit. Das ist nicht gar viel für ein Leben.

Mutter:

Poldi, beiß' die Zahnderln zusammen!

Poldi:

Ja, und ich hab's auch immer gethan. Aber ich bin gewiß nicht ausrichterisch, gewiß nicht. Aber es haben's Andere um soviel besser wie ich. Wenn ich nur etwas leichtsinniger wär'! Und dann, mir ist jetzt immer so, es geht etwas hinter mir, etwas, was ich nicht nennen kann, aber es sieht mir über die Schulter. Und dreh' ich mich um, so ist's weg, und ich weiß nur, es war was Schreckliches.

Mutter:

Jesus, Maria und Josef! Dir auch?

Poldi:

Mir auch. Und ich muß überhaupt Alles glauben können oder ich glaub gar nichts. Und so geht's mir jetzt. Und der Vater ist anders, ganz anders gegen früher.

Mutter:

Poldi, Du siehst's auch? . . .

Poldi:

Ja. Und er zwingt sich nur. Und wenn er lacht, so ist es nicht mehr wie einmal, daß man mitlachen muß. Und ich seh' manchmal in sein Zimmer, wenn ich meine Hefte ausbesser', und so sitzt er da und hat den Kopf in der Hand, als stünd' das Grausliche, vor dem ich so erschreck' hinter seiner. Und er spricht mit sich auf der Gasse . . .

Mutter:

Er spricht mit sich auf der Gasse? Poldi! . . .

Poldi:

Ja, er ist an mir vorübergegangen und hat mich nicht einmal erkannt. So hat er diskuriert mit sich. Und Dir hat er gesagt, er war ganz wo anders, als wo ich ihn gesehen hab!

Mutter!

Da ist's. Da ist's. Gar ist's. (Bricht zusammen.)

Poldi:

Mutterl! Wir wollen schon zusammenhalten, wir Zwei, und wollen uns zwingen. Käm's nur,

daß man Anderes vergessen müßt', weil man keine
Zeit hat zum Denken.

Mutter:

Beschrei's nicht, Poldi! Es kommt. (Pause.)

Grete

(steckt den Kopf zur Thür herein):

Angerichtet ist! Seid's fertig? (Klatscht in die
Hände.)

Es kommen Felix und Köstler. Die beiden Frauen nicken
einander zu.

Köstler:

Was habt's einander immer zu deuteln?

Poldi:

Nichts Vater!

Köstler:

Überhaupt, einmal könntet Ihr Euch doch zu=
sammennehmen. Das sind Gesichter! Der ganze
Humor vergeht Einem dabei.

Poldi:

Ist's so schlimm? Mein Gesicht?

Köstler:

Wie's Gott gemacht hat, wär's schon ganz
recht. Nur das Du machst.

Poldi:

Nicht bös sein! Es wird schon wieder besser.

Das Nachtmahl steht auf dem Tisch. Man setzt sich.

Köstler:

Geb's Gott! Ihr habt aber heute hübsch angerichtet. Wer hat denn arrangiert?

Grete:

Natürlich ich.

Köstler:

Geschmack hast Du. Na, das ist köstlerisch. (Drohend:) Grete!

Grete:

Ich nehm' ja so nur, was kein anderer mag.

Köstler:

Alles Gute nimmst Dir heraus.

Grete:

Ich denk' nur, weil in allem die anderen das nicht mögen, was ich gern will, so ist's beim Essen auch so.

Köstler (lacht):

Einfälle hast! Kinder, wenn man's nur jeden Abend so haben könnt. Ich bin kein unbegnügsamer Mensch nicht. Ich wünsch' mir keinen Luxus. Nur mein bürgerliches Auskommen möcht' ich haben und etwas zurücklegen können für meine alten Tag! Aber so gut wird's einem ehrlichen Menschen nicht ...

Mutter:

Magst nicht vom Schinken? Er ist delikat.

Köstler:

Gieb ihn der Poldi. Ich ess' Schinken sehr
gern, für mein Leben gern ess' ich ihn, aber sie
braucht ihn nötiger, daß sie wieder ein bisserl
Farbe kriegt, das arme Mädel. Die möcht' auch
ausschau'n anders wie jetzt, wenn's so käm, wie's
sollt! Daß es so wird! (Sie stoßen an.)

Mutter:

Es ist ja jetzt Aussicht dazu.

Köstler:

Ja, wieso? Ja, gewiß? Ich bin so zerstreut,
ich hab' soviel im Kopf. Ja, und ich war
immer so. Immer ich auf die Letzt' und jeder
andere kommt mit seinen Sachen vor mir. Immer
ich zuletzt.

Mutter:

Magst nichts mehr? Keins mehr? Du ißt
ja gar nichts.

Köstler:

Ich spar' mir meinen Hunger aufs Ganserl.
Das ist ein liebes Vogerl. Ich hab's immer für
mein Leben gern gegessen. Und ich bin selten
genug dazu gekommen die Jahr' her. Ist's, wie's
sein sollt', resch und braun?

Mutter:

Wirst's gleich seh'n. (Klatscht in die Hände.)

Köstler (verfärbt sich):

Was soll das?

Mutter:

Geh, Du thust ja, wie wenn Du kein gutes Gewissen hättest. Marie soll abtragen.

Köstler:

Mein Gewissen laß in Ruh. Ist gut genug.

(Pause, während Marie abträgt und wieder aufträgt.)

Grete:

Da ist ein Engerl durchs Zimmer geflogen.

Köstler:

Ja ein Engerl. Kinder, giebts denn gar nichts neues auf der Welt? (Zu Poldi.) Poldi! Bei Dir in der Schul'?

Poldi:

Nichts Lustiges. Dem Schuldiener haben S' weggejagt und nur, weil er so viel gebeten hat, haben sie ihn nicht einsperren lassen.

Köstler:

Warum denn? Gleich einsperren haben sie ihn lassen wollen?

Poldi:

Es ist ein so armer Teufel. Und mit seinem Gehalt hat er ewig nicht auskommen können. Und Trinkgelder giebt's bei uns draußen soviel

wie gar keine. Und seine Frau trinkt. Da hat
er Holz und Kohlen genommen und hat sie ver=
kauft und von den Büchern hat auch viel gefehlt,
darauf sind sie ihm gekommen . . .

Köstler:

Und . . . .

Poldi:

Nun, weggejagt haben sie ihn. Und weil es
gerade nach dem Ersten war, wo wir alle noch
ein bißerl ein Geld haben, so haben wir ge=
sammelt unter einander und haben ihm die paar
Gulden gegeben, damit er sich doch für den An=
fang ein Zimmer mieten kann und nicht gleich
auf der Straße steht.

Köstler:

Habt Ihr's? Das war brav. Ich sag's
immer, die Lehrer haben das Herz doch, wo's
hingehört.

Mutter:

Warum nimmst Dich so an um den Dieben?

Dienstmädchen (meldet):

Der Herr Klaus wartet unten.

Köstler:

Ich hab' keine Zeit. Zum Teufel soll er
geh'n, der Herr Klaus. (Dienstmädchen ab.)

Mutter:

Du bist aber heut' nervös.

Köstler:

Wenn man Ein' immer aus seiner hänslichen Stimmung bringt! . . . (Zündet sich eine Zigarre an, geht rauchend auf und ab.)

Mutter:

Für Deinen Hunger ißt Du aber wenig.

Köstler:

Der Appetit ist mir vergangen. Bei der grauslichen Geschichte von der Poldi. Wenn man sich so recht ausdenkt, mit Weib und so viel Kindern steht er auf der Straße mit die paar Gulden . . . .

Poldi:

Er hat ja gar keine Kinder.

Köstler:

Am End' ist das auch noch seine Schuld.

Felix:

Dafür hat Ihr Bureauchef desto mehr Kinder.

Köstler:

Welcher Bureauchef.

Felix:

Nun, der Hauptkassierer, den sie heute Nach=mittag eingesperrt haben.

Köstler:

Den Hauptkassierer haben S' eingesperrt? Heut' Nachmittag?

Felix:

Ja, wissen Sie 's denn nicht, wo im Amt von nichts Anderem die Rede war?

Köstler:

Ich hör' nicht darauf, was die Leut' reden; ich hab' keine Zeit dafür.

Felix:

Aber das ist mir doch unbegreiflich.

Köstler:

Wirst's gleich begreifen. Ich war nicht im Amt. (Starker Riß an der Klingel. Schrickt zusammen.) Was ist schon wieder?

Mutter (sieht hinaus):

Nichts. Die Nachbarin hat nur um den Schlüssel zur Wasserleitung gebeten.

Köstler:

Grad' die richtige Zeit. Erzähl' weiter Felix!

Felix:

Nun, es soll viel Geld in seiner Kassa fehlen. Man spricht von mindestens 100 000 fl.

Köstler:

100 000 fl.! Wo der Mann doch so ein schönes Gehalt gehabt hat.

Felix:

Es war nicht so gefährlich. Und so eine Menge Kinder hat er auch gehabt. Da kann man mit 3600 fl. jährlich Alles in Allem aufs höchste nicht so weit springen.

Grete:

O ja! Wo hat er denn gewohnt?

Felix:

Was geht's dich an? In Währing.

Grete:

Na also, von Währing bis ins Landesgericht!

Köstler (hebt die Hand):

Grete, das ist eine Roheit. Dafür verdientest Du was. — Die Leut' sind auch gar zu schlecht gezahlt. Ich geh' in Pension, sowie ich mein Geschäft anfang!

Felix:

Hat Dein Hintermann eine Freud! Der Staat zahlt nicht mehr als er will. Er wird immer Leute genug finden. Er bietet ihnen doch einen großen Gegenwert in ihrer sozialen Position, in der Möglichkeit, reich zu heiraten auf diese Position hin. Wer das unterläßt, wer diese Chance, die er dem Staate allein dankt, nicht ausnutzt, hat sich eben die Folgen selber zuzuschreiben.

Köstler:

Was Du aber für ein gescheiter Mensch bist! Nein, das ist wirklich mein einziger Sohn. Also, den kaiserlichen Rat haben Sie eingesperrt. Ich seh' ihn noch vor meiner. Ein kleiner, alter Herr, immer freundlich, mit seinen grauen Haaren und dem schneeweißen Bart. Ein Herz hat er gehabt für die kleinen Leut' und hat sich um sie angenommen, wie es sich um eine Zulag' gehandelt hat oder um ein' Urlaub. Nur immer still und gedrückt war er.

Felix:

Die Malversationen datieren um Jahre zurück, so daß er sich vor jedem Untergebenen fürchten mußte in seinem belasteten Gewissen.

Köstler:

Was die heute Alles mit dem Gewissen haben! ... Hat nicht wer ans Fenster geklopft?

Mutter (aufspringend):

Was redest Du? Wie ist das möglich?

Köstler:

Mir ist's so vorgekommen.

Mutter:

Du siehst heut' Gespenster.

Köstler:

Red' nicht von solchen Sachen. Wenn man aufgeregt genug ist. Grad heut' haben S' ihn eingesperrt. Ich hätte ihm gern Abieu gesagt. (Starker Riß an der Klingel. Er springt in sein Zimmer, reißt die Thür hinter sich zu.) Ich mag Niemand sehen.

Mutter (sieht zur Thüre hinaus):

Ein pneumatisches Kartel für den Felix.

Felix (unterschreibt):

Ich gehe heut noch aus. Man giebt mir Rendezvous in der Tarockpartie.

Köstler (in der Thür):

Ich bin so schreckhaft heut. Mein Leben war ich noch nicht so. (Klirren in der Küche.)

Mutter:

Da hat die Marie wieder was ganz gemacht.

Köstler (stotternd):

Hat die Marie wieder was ganz gemacht?! Hörst? ... Ein Wagen fährt durch die Straße.

Felix:

Ja, und damit ich zu Ende erzähl', es war natürlich heute große Scontrierung sämtlicher Kassen.

Köstler:

Große Scontrierung sämtlicher Kassen? Jetzt müssen S' fertig geworden sein damit ...

David, Neigung.   7

Mutter:

Was regst Dich so auf dabei, Mann?

Köstler:

Unten vorm Haus hält der Wagen ...

(stürzt zum Fenster, beugt sich hinaus. Man sieht die Dächer, über denen der Mond liegt, die Lampe flackert im Zug.)

Mutter:

Ist denn ein Wagen so was Rares in den Gassen. Du kannst ja nicht einmal sehen bis zum Thor.

Köstler:

Stad sein! Red nix! Ein Mann steht im Thor!

Mutter:

Mann, reb' Dir doch nichts ein. Man sieht ja nicht hinunter.

Köstler:

Stad sein! Red nix! Im Thor steht er, zwei sind hinein.

Mutter:

Kinder! Um Gotteswillen! Er ist närrisch geworden! Mann, Du phantasierst ja. Beruhig' Dich. Um den Arzt lauft, um den Arzt!

Köstler:

Stad sein! Nicht noch wen holen! Wir sind eh' genug! Bald werden's zuviel sein.

Mutter:

Felix! Halt ihn!

Köstler:

Stab sein! Nicht mich anrühr'n, sag' ich.
Nicht anrühr'n! Die Stiegen steigen's. Ich hör's.
Der Eine ist dick und schnauft so im Steigen.
Im ersten Stock sind's schon . . .

Mutter:

Kinder, so thut's doch was!

Köstler:

Stab sein! Daß man Niemand hört. Um
mich kommen s'. Einsperren wolln s' mich.

Aufschrei Aller: Vater!!

Köstler:

Um den Dieben kommen s'. Aber ich laß
mich nicht einsperren. Ehrlich war ich, mein
Leben lang ehrlich, und ich hab' Alles zurück=
geben wollen, was ich aus der Kassa genommen hab.
Und ich hätt's, wenn ich nur heut dort g'wesen
wär'. — Ist eh' wenig. Die paar Gulden! Daß
man sich forthilft aus dem Schlimmsten.

Mutter:

Mutter Gottes, schmerzensreiche! Steh mir bei!

Köstler:

Bet'! Bet'! Beten darfst! Wir haben's nötig!

7*

Aber ich laß mich nicht einsperren wie der Rat.
Ich überleb' die Schand nicht. Und es müssen
mit mir viel mit. Alle müssen mit, die was
gesagt haben: „Ein Mann mit Deinen Ideen!
Und plagt sich so um die paar Gulden Lohn!
Heißt denn das überhaupt ein Gehalt? Mach'
eine von Deinen Ideen und Du bist ein reicher
Mann, und ein Liter Wein kannst jetzt schon
barauf zahlen, Köstler!"

Poldi:
Vater, beruhigen Sie sich boch!

Köstler (horchend):
So tummeln sie sich. Sie sind schon im britten
Stock. Aber erst müssen s' um die Anderen geh'n,
um den Klaus und die Andren Alle. Noch sechs=
undbreißig Staffeln sind's. Dann werden s' an=
klopfen. Und der alte Köstler, der Ehrenmann
durch ein Leben, ist ein Dieb mit mildernde Um=
ständ'.

Mutter:
Vater! Vater! Nimm's auf Dich.

Köstler:
Und solang' lügt man zum Spaß und um
die Leut' zu trösten und zu vertrösten. Und
bann glaubt man am End' selber sein Lügen.
Und wie kann das sein, daß man seinen eigenen

Lügen glaubt? Und man hofft immer auf
den Geldgeber, der Einem helfen soll, wie
auf den lieben Gott, und man hat ihn niemals
mit keinem Aug' gesehen, wie den lieben Gott
auch nicht. Und dann steht man so da vor seine
Kinder und vor sich selber — so steht man da!

Mutter:
Jesus, Maria, Josef!

Köstler:
Und ich laß mich nicht einsperren, ich laß
nicht. (Die Thürklingel ertönt.) Da sind's! Da
sind's! Da sind's! (Stürzt ab. Man hört das Fenster
klirren, nicht das offene.)

Grete:
Jesus, der Vater! Jesus, der Vater! (ihm nach,
lehnt sich ins Fenster und zetert wie ein Kind. Die Anderen
durch die Eingangsthüre ab, die Lampe flackert, erlischt. Von
der Straße her Gemurmel und Schreien, wie immer in solchen
Fällen. Ganz fern, dann näher das Signalpfeifchen der Rettungs=
gesellschaft.)

(Der Vorhang fällt.)

IV. Aufzug.

Die drei Frauen in Trauer. Aus dem Zimmer ist schon viel verschwunden. Felix zum Weggehen angezogen, aus seinem Zimmer.

Felix:

Wir sind einig. Und nun leben Sie wohl, Mama!

Mutter:

Behüt' Dich Gott, Felix, und laß Dir's gut gehen!

Felix:

Behüt' Euch Gott, Schwestern! Man wird sich ja wohl manchmal sehen.

Mutter:

Man wird sich ja wohl manchmal sehen. (Felix im Abgehen.) Felix!

Felix:

Wünschen Sie noch etwas, Mama!

Mutter:

Nein .... ich ... aber .... Könntest Du nicht noch einige Tage dableiben bei uns?

Felix:

Nein, das hätte doch keinen Sinn.

Mutter:

Es ist nur gar so ängstlich. Wir drei Frauen allein in der Wohnung, wo man immer so eine Angst hat, wenn man auf die Thür hinblickt, die Thür.... Bis man sich ein bischen gewöhnt hätte oder ausgezogen wär! .....

Felix:

Aber Mama, Sie waren doch immer eine vernünftige Frau.

Mutter:

Ja. Ja. Und wirst Dich manchmal umschaun um uns Einsame, Felix.

Felix:

Gewiß. Wenn ich Zeit habe, und so oft es geht.

Grete:

Ja. Und damit er ja recht nahe hat, so ist er so weit von uns fweggezogen, als es nur möglich war.

Felix (sehr höflich):

Ganz bestimmt. Damit mich die Sehnsucht nach Dir nicht so oft in Versuchung führt.

Grete:

Geh, geh. Du bist ein Komödiant Dein Leben lang gewesen.

Felix:

Jeder beurteilt den andern nach sich, meine süße Schwester! -

Grete:

Ob's einen auf der Welt giebt, der das besser kann?! Er ist einfach großartig.

Mutter:

Kinder! In der Scheidestunde müßt Ihr nicht wieder anfangen. Trag' ihr nichts nach, Felix!

Felix:

Gewiß nicht, Mama! Aber Sie werden be= greifen, daß ich nach ähnlichen Begegnungen nicht oft Verlangen trage. Ich habe nun einmal das Bedürfnis nach einer gewissen Höflichkeit der Umgangsformen, nach einer Abgemessenheit im Verkehr, habe es auch meinem Nächsten gegenüber. Ich glaube, ich wäre unglücklich in einer Ehe, in der sich meine Frau gehen ließe. Unerzogene Naturen sind mir ein Greuel.

Grete (knixt):

Das Greuel bedankt sich.

Felix:

Keine Ursache. Es geht nicht auf Dich allein. Daran hat es bei uns nie gefehlt.

Poldi:

Du bist gegen einen Toten streng. Bist Du's gegen Dich nur auch so, Felix!

Felix:

Keine Belehrung, wenn ich bitten darf. Ich bin mir eben noch klug genug.

Poldi:

Es sollte keine Belehrung sein, vielleicht nur eine Mahnung, lieber Felix.

Felix:

Eine sehr feine und scharfsinnige Unter=scheidung. Aber ich verlange weder nach Mah=nungen, noch nach Belehrungen. Ich begreife es vollkommen, daß man mich hier falsch beurteilt. Hier hat niemals jemand gewußt, was er will. Eben darum bin ich gewitzigt. Ich weiß es und werde es erreichen.

Mutter:

Aber deshalb brauchtest Du Dich nicht so ganz von uns loszusagen. Ich brauche so eine Stütze.

Felix:

Gestatten Sie mir gleichfalls eine feine Distinktion. Sich trennen und sich lossagen sind gleichfalls zwei verschiedene Begriffe. Ich kann Ihnen allen auswärts viel eher nützlich sein als hier.

Mutter:

Ach Gott, ja, ja, du haſt wohl Recht.

Felix:

Ich laſſe Sie ja nicht im Stiche. Ich habe
meine Berechnung aufs genaueſte gemacht, wie=
viel ich von meinem Gehalte entbehren kann,
ohne meine Zukunft durch Bettelhaftigkeit zu be=
drohen. Das geb' ich Ihnen und gerne. Sie
können damit und mit dem, was die Poldi ver=
dient, anſtändig exiſtieren. Und eigentlich habe
ich doch unter der leidigen Affaire am meiſten
gelitten.

Mutter:

Du, Felix? Du? Das geht mir nicht ein.

Felix:

So werde ich's Ihnen erklären. Vordem war
ich ſchlechtweg Felix v. Köſtler. Das „von" iſt
ſogar eine, wenn auch nicht gar große Empfehlung.
Nun — ich muß es Ihnen ſagen, ſo peinlich es
mir iſt, Mama — bin ich der Sohn von dem
gewiſſen Köſtler, von dem „eh, Sie wiſſen ja,
eh, der gewiſſe Köſtler" — — Das iſt eben
keine freundliche Erinnerung. Sie müſſen es mir
alſo nicht verargen, wenn ich zwiſchen meiner
Wohnung und der Ihrigen etwas Gras wachſen
laſſe. Es iſt genug, wenn ich nicht um Namens=

änderung eingekommen bin, weil ich die Hoffnung hege, man wird mich 's nicht entgelten lassen — nicht im Amt, nicht in jenem Hause, in dem ich immer noch mit freundlichen Erwartungen ver= kehre. Ich habe eben jetzt daraus schöne und verheißende Beweise von Teilnahme seitens der Mutter wie der Tochter erhalten. Gelingt mir's dort — ich verspreche nicht gerne — aber es soll Euch allen dann nicht zum Schaden sein.

Mutter:

Felix, Du bist klüger wie dein Vater. Aber besser war er, besser.

Felix:

So wären wir denn richtig in der Aus= einandersetzung, die ich so gerne vermieden hätte. Es ist wahr, ich schüttle ab, was mir unbequem wird, wenn man mich auch scheel ansieht darum. Also, das hat er nicht gekonnt, er war besser. Und was haben wir von seiner Güte gehabt. Ein Leben voller Sorgen, einen befleckten Namen. Und er selber? Wär' ihm nicht besser gewesen, wenn er anders war. Die Meinen werden es besser haben, als Ihr's gehabt habt und darauf kommt's an und nicht auf die Güte.

Poldi (träumerisch):

Die Güte aber ist Alles.

Felix:

Gewiß, in jeder Sammlung von Sitten=
sprüchen. Im Leben aber ist sie gar nichts und
hat da auch gar nichts zu suchen. Adieu, Mutter!
Adieu Schwestern! (Ab.)

Poldi:

Die Güte aber ist Alles; ich glaub's immer
noch, die rechte Güte.

Mutter:

Glaubst Du noch daran? Ich nicht mehr.

Poldi:

Ja, die starke Güte. Ich weiß Einen, der
trägt sie in sich. (Pause. Grete hat sich angezogen.)

Mutter:

Wohin gehst denn schon wieder, Gretel?

Grete:

Mich umschau'n.

Mutter:

Ja, um was denn?

Grete:

Nun, um eine Stellung. Ich hab' schon was
in Aussicht.

Mutter:

Ja, um Gotteswillen, Du hast mir doch davon
kein Wort gesagt.

Grete:

Angefangen hab' ich schon oft, aber Du hast ja nie ein Ohr gehabt für mich.

Mutter:

Ja, aber als was denn? Und jetzt?

Grete:

Sein S' gescheit, Mutterl! Sie wissen, ich mag nicht lernen, ich taug' nicht dazu. Und die Verhältnisse sind doch jetzt gewiß nicht darnach, daß man noch viel auf mich wenden könnte. Ich muß auch dazu schau'n, daß ich was verdien', daß ich Niemandem zur Last fall'.

Mutter:

Und wie willst Du das, wo Du gar nichts kannst?

Grete:

Es ist nicht so schlimm. Fürs Geschäft kann ich genug.

Mutter:

Fürs Geschäft? Für was für ein Geschäft?

Grete:

Für die Konfektion. Ich sprech' ganz gut französisch. Die Figur hab' ich darnach. Ich geh' probieren. Heut' stell' ich mich vor. Wenn ich dem Chef gefall' — und es möcht' mich wundern, wenn ich ihm nicht gefallen möcht' — so tret' ich morgen ein. So kann ich mein Glück machen. Und auch wenn man mit mir nur zufrieden ist, so komm' ich viel weiter, wie mit der Schulmeisterei. (Ab.)

Mutter:

Gretl! Sie hört gar nicht auf Einen. Das Mädel macht mir Sorgen genug.

Poldi:

Es ist am Ende doch kein Wunder, wenn sie außer Rand und Band ist, Mutter. Sie wird sich schon wieder zurecht finden.

Mutter:

Kann schon sein. Kann schon sein. Es frägt sich nur, wann und wie.

Poldi:

Zu ihrer Zeit. Gewiß, Mutterl. Erst muß man sich doch besinnen. (Es klopft.) Herein.

Hans Klaus:

Es war mir noch nicht vergönnt, verehrteste Frau . . .

Mutter:

Der Herr Klaus? Wie können Sie . . .

Klaus:

Es war mir noch nicht vergönnt, verehrteste

Frau, angesichts des furchtbaren Schicksals=
schlages . . .

Mutter:

Ich frage Sie noch einmal, wie können Sie
nach Allem . . .

Klaus:

Der Sie und Ihre sehr geschätzte Familie
betroffen hat, persönlich und mündlich und herz=
lich . . .

Mutter:

Ihr Beileid auszusprechen.

Klaus (verwirrt):

Unser Beileid auszusprechen und . . .

Mutter:

Herr Klaus, den Rest der Rede schenk' ich
Ihnen.

Klaus:

Alsdann. Nachdem ich annehmen muß, daß
auch Sie durchdrungen von gleichen Ge=
fühlen . . . .

Mutter:

Gewiß. Und Ihre Rede haben Sie famos
auswendig gelernt. Wollen Sie den Herren mit=
teilen, daß ich ihre Gefühle vollkommen und mit
ganz der gleichen Herzlichkeit erwidere.

Klaus:

Und mit dieser Überzeugung empfehle ich mich mit einem gehorsamsten Handkuß und einem freundlichen Andenken . . . .

Mutter:

Herr Klaus, das mit dem freundlichen An=denken hätten Sie sich überlegen müssen.

Klaus:

Wie meinen Sie das, Frau v. Köstler?

Mutter (in steigender Erregung):

Und Sie hätten das Wort nicht in den Mund genommen, die Zunge hätten Sie sich abgebissen zuvor, wenn Sie gehört hätten, wie er in seiner letzten Stunde von Ihnen, von Euch allen ge=sprochen hat . . . .

Klaus:

Ich bitte Sie, gnädige Frau, wo er doch nicht mehr bei sich war.

Mutter:

Er war nicht bei sich. Aber wer hat ihn dahin gebracht, daß er nicht bei sich war? Ihr alle, Ihr, die Freunderln, die Ihr Männer sein wollt und Euch aufführen thut, daß es bei Kindern ein Standal und eine Sünd' wär'.

Klaus:

Gnädige Frau, Sie gestatten, daß ich das Ihrer Erregung zugute halte und mich empfehle.

Mutter:

O na, jetzt werd'n S' schon dableiben. Eher geh'n Sie nicht, bevor wir zwei nicht ausgeredet haben. Hat einer von Euch meinem Mann eine seiner Erfindungen geglaubt? Hat ihm einer die Wahrheit gesagt, wie er's hätte müssen? Wer mir's sagt, wo's sein muß, der is mein Freund — wer's anders hält, der ist ein Freunderl!

Klaus.

Gnädige Frau, wir haben dem Herrn v. Köstler eben seinen Spaß gelassen.

Mutter.

Gelassen habt Ihr ihm den Spaß? O nein, gehabt habt Ihr ihn damit. Ihr habt ihn ver= kauft und verraten, tausendmal schlimmer wie Judasse.

Klaus:

Der Schmerz macht Sie ungerecht. Das sind Übertreibungen.

Mutter:

Übertreibungen? Was nicht noch? Um ein Liter Wein oder noch schlimmer, nur um die Hetz' habt Ihr ihn hineingeritten in sein End'. Den Buckel habt Ihr Euch voll gelacht, kaum daß er draußen war vor der Thür und habt ge= wispert über den armen Narren. Und alsdann

hat's geheißen: „Du bist ein großartiger Kerl,
Köstler!" und „Auf die Weis' wirst reich, Köstler!"
und „Ein Liter vom Guten mußt zahlen auf die
Idee, damit sie wachsen kann und was wird
daraus, Köstler!" Ich seh' Euch vor meiner, wie
wenn ich dabei gewesen wär' und nicht zu Haus
gesessen mit meinem schweren Herzen.

Klaus:

Gnädige Frau, Sie sehen das viel tragischer,
als es einer meint.

Mutter:

Meinen thut's keiner schlimm. Das ist ja
das Niederträchtigste. Ihr habt einander ganz
lieb dabei. Aber einen Wurstel, wenn Ihr aus
einem machen könnt, dann seids glücklich. Daß
der Wurstel auch Weib und Kinder hat, das
sehts nicht, Ihr Freunderln! Und jetzt gehn S'
mir aus die Augen! Ich hab' ja nicht einmal
einen Wein im Haus. (Klaus ab.) Ach, Poldi,
das hat gut gethan. Es hat 'raus müssen. Ich
wär' erstickt daran, wenn ich's länger in mir ge=
halten hätt'. Das kocht in mir, seit ich die bei
der Leich' gesehen hab' . . . .

Poldi:

Regen Sie sich nicht so auf, Mutterl! Er
verdient's nicht.

Mutter:

Ich bin jetzt fertig. Jetzt ist mir gut und ist mir leichter. (Bricht ins Weinen aus.)

Poldi:

Mutterl, liebes Mutterl! Sie werden mir ja noch ganz krank.

Mutter:

Vielleicht wär's das beste für Dich, ich möcht's auch so machen, wie dein armer Vater gethan.

Poldi:

Geh'n S', Mutterl, das ist so momentan. Das wär' nicht schlimm, wenn Sie mich jetzt im Stich lassen wollten, jetzt, wo ich mich schon ein= gerichtet hab' und mir's ausgerechnet hab', wie das sein wird mit uns zweien. Denn die Gretel erhalten wir nicht.

Mutter:

Nein, die Gretel erhalten wir nicht. Und mich freut's nicht ohne die Gretel, wo sie doch sein Herzblattl war. Mich freut nichts mehr.

Poldi:

Am Ende zum Freuen ist man ja nicht auf der Welt. Aber wir werden schon zusammen wirtschaften. Was wir brauchen, das verdien' ich am End'. Sie führen's Haus — wissen S',

8*

das können S' besser wie ich — ich lauf' 'rum und geb' meine Stunden, und so werden wir zwei gemeinsam gehen, Sie älter und ich alt werden . . . .

Mutter:

Und alsdann, wenn's gar ist mit mir?

Poldi:

Ich mach' mir keine Gedanken über das, was einmal sein muß, wer weiß wann? Sie sind gesund, wir werden zu leben haben, auch ohne den Felix. Sie werden vergessen und munter werden.

Mutter:

Munter werden? Das nicht mehr, Poldi. Es ist ein zu trauriges Leben, ich hab' ihn zu lieb gehabt.

Poldi:

Mutterl!

Mutter:

Ja, ich weiß das erst jetzt. Ich hab' geglaubt, es ist gar mit der Lieb'. Und jetzt seh' ich erst, das lebt noch. Und mir ist so bang um ihn trotz Deiner. Mir ist, als hätt' ich niemanden, gar niemanden auf der Welt.

Poldi:

Das vergeht, Mutter. Bis man erst aus=

gezogen ist. Bis Sie erst rechtschaffen herum=
wirtschaften werden. Jetzt haben Sie nichts zu
thun, als solche Gedanken mit sich zu schleppen.

Mutter:
Kann sein. Ich glaub' nicht, daß es vergeht.
Jede Nacht, wenn er sonst heimgekommen ist, so
werd' ich wach, setz' mich auf im Bett und hör'
auf die Stiegen, ob ich da nicht seine Stiefel
knarren hör' und ob er nicht durch das Zimmer
geht auf die Socken. Er war so viel rücksichts=
voll. Man war so ineinander gewachsen. Jetzt
weiß ich's nicht, wie's mit mir wird, jetzt, wo's
auseinander gerissen ist, für immer, mit aller
Gewalt.

Poldi:
Es vernarbt vieles, Mutterl! Denken S' an
mich!

Mutter:
Wenn man jung ist, ja.

Poldi:
Sie werden wieder jung werden, Mutter.

Mutter:
Meinst? Und er war so ein gesunder Mann!
Einen Schritt hat er gehabt in seinen Jahren wie
ein Federl. Und nicht einmal hat er gehustet.
Er hätt' noch leben können, Gott weiß, wie lang.

Poldi:

Martern Sie sich nicht so, Mutter!

Mutter:

Und man hat an ihm viel Unrecht gethan Ja, im Amt, da haben sie ihn nicht aufkommen lassen, weil er ihnen zu klug war. Und ich weiß erst jetzt, was ich an ihm gehabt hab! Ich war doch eine Frau vor der Welt, so lang er gelebt hat. Und er hat's Haus doch zusammengehalten, er allein. Kaum ist er tot, so geht's auseinander, wie ein Faß auseinandergeht, wenn man den Hauptreifen wegschlägt und was darin war, das rinnt auf die Erden. Ich kann mir nicht helfen. Ich bin zu schwach. Ich weiß nur, ich bin ganz allein. Und ein einschichtiges Frauenzimmer ist so schlecht dran und ich vertrag das Alleinsein nicht mehr.

Poldi:

Mutter, Mutter! Sie thun mir so weh!

Mutter:

Härm' Dich nicht, Poldi! Meinetwegen schon gar nicht! Eher um Dich!

Poldi:

Um mich? Aber das ist ja Unsinn, Mutterl. Ich kann nie allein sein, niemals. Hab' ich Nie= manden mehr auf der Welt, so werd' ich mir

wen suchen. Es gibt Waisenkinder genug, daß
man Eines annehmen kann. Oder ich geh' ganz
in ein Haus, und dort werd' ich unterschliefen
und das Meine thun, und ich weiß es, man wird
mich lieb haben. (Es klopft.)

Beide:
Herein!

Weißl:
Guten Morgen, gnädige Frau! (Poldi hat sich
freudig erhoben. Er geht an ihr vorüber und gibt der Mutter
die Hand.)

Poldi (gepreßt):
Guten Morgen, Herr Doktor.

Mutter:
Guten Morgen! Das ist eine Überraschung.

Weißl (sehr steif):
Überraschung? Ich sehe das nicht ganz ein.
Es ist am Ende nichts Überraschendes dabei.

Mutter:
Es sind uns so viele ausgewichen, gute Be=
kannte, von denen man sich's nicht erwartet hätte.

Weißl:
Sie wissen ja, gnädige Frau, ich bin ein un=
abhängiger Mensch. Ich war auch bei der Ein=
segnung in der Kirche.

Poldi:

Sehn S' Mutter! Und Sie haben noch mit mir gestritten.

Weißl:

Fräulein, wie konnten Sie mich bemerken? Ich habe mich zurückgezogen genug gehalten.

Poldi:

Wie, das weiß ich nicht. Sagen wir, ich hab' Sie gespürt.

Weißl:

Ach so. Da wären wir wieder auf Ihrem beliebten Gebiet der Ahnungen und der Märchen. Sie entschuldigen schon, aber ich bin heute nicht in der Stimmung, zuzuhören und stillzusitzen.

Poldi:

Sie haben vollkommen recht, Herr Doktor!

Weißl:

Ich danke. Ich weiß das zwar ohnedies. Aber Ihre Anerkennung erfreut mich immer noch. Aber, ich wollte dennoch . . . . ich fühlte mich dennoch genötigt . . . . ich sah mich gedrungen . . . .

Poldi:

Eine Kondolenzvisite zu machen.

Weißl:

Ja, etwas ähnliches wollte ich sagen.

Mutter:

Kümmern Sie sich nicht um die. Ich danke Ihnen. Und ich danke es Ihnen besonders, daß Sie es noch in dieser Wohnung gethan haben. Ich habe das Gefühl, der Tote freut sich selber damit, daß Sie ihm so doppelt die Ehre geben.

Weißl:

Pardon, wir wollen nicht weitergehen, als ich möchte, gnädige Frau.

Mutter:

Frag' ihn, Poldi! (Poldi schweigt.) Ja, (hilflos) was wünschen Sie also eigentlich, Herr Doktor.

Weißl:

Es wird mir nicht leicht, gnädige Frau. Also, ich weiß, welches Ende ihr seliger Mann genommen hat . . . .

Mutter:

Da ist nichts zu verstecken. Das weiß heute die ganze Wienerstadt.

Weißl:

Und mich hat dies Ende aufrichtig bewegt. Denn ich meine nach allem, was ich vordem über ihn gehört habe, so habe ich den toten Mann verstanden und begriffen.

Poldi:

Haben Sie das, Herr Doktor, haben Sie?

Weißl:

Desto näher ging mir also sein Ende.

Mutter:

Ich danke Ihnen, Herr Doktor, in seinem Namen danke ich Ihnen.

Weißl:

Kein Anlaß. Es ist mir nur peinlich, daß ein Mann, den ich einmal schätzen gewollt, unter solchen Umständen aus dem Leben scheiden mußte.

Mutter:

Es haben ihm so Viele Steine ins Grab nachgeworfen Herr Doktor. Ich danke Ihnen doppelt für das eine Blümerl, das Sie darauf-legen.

Weißl:

Bitte, gnädige Frau, es hat eine Zeit gegeben, wo ich im todten Mann mehr gesehen, oder um mich richtiger auszudrücken, gehofft habe. Derlei bleibt.

Poldi:

Bei einem Jeden nicht.

Weißl:

Sie machen mich verwirrt, mein Fräulein! ... Also, ich wollte fragen, ob Sie, gnädige Frau, meiner in dieser Zeit in keiner Weise bedürfen.

Poldi (sehr bestimmt):

Ich danke Ihnen, Herr Doktor, im Namen meiner Mutter und auch sonst, aber wir bedürfen Niemandes.

Weißl:

Ich bitte Sie, gnädige Frau, mein Anerbieten nicht ohne weiteres abzulehnen. Es ist aufrichtigst gemeint.

Mutter (unsicher):

Ja, aber wie denken Sie, Herr Doktor ...?

Weißl:

Es müssen doch große Auslagen für Sie erwachsen sein. Das Begräbnis ...

Mutter:

Ja, das hat schon sehr viel gekostet. Aber man hilft sich. Wir drei Frauen brauchen keine so große Wohnung mehr, da hat man eben das Übrige und das Resterl Silber verkauft.

Weißl:

Und es ist noch Eins. Ich denke mir, — ich habe auch mit einem Advokaten darüber gesprochen — es wäre im Interesse Ihrer Pensionsansprüche, eventuell einer Gnadengabe gut, wenn Sie den Schaden ersetzen könnten, welchen der Verewigte angerichtet ...

Poldi:

Wir haben uns schon in aller Form rechts=
verbindlich dazu verpflichtet — natürlich, nachdem
wir es leisten können.

Weißl:

Wirklich? Und ich sehe nicht ein, warum Sie
dazu kommen, sich ihr Leben lang mit einer
solchen Last schleppen zu müssen. Sie werden
ja nicht darunter erliegen. O, nein. Ich weiß
ja selber, wie stark Sie sein können. Aber zu
tragen werden Sie daran haben und niemals so
recht aufatmen können.

Poldi:

Sie sehen nicht ein, wozu?

Weißl:

Nein, wahrhaftig nicht. Nun, und ich habe
ziemlich viel Geld, gnädige Frau. Das heißt,
nicht eben so viel, daß es mit den Zinsen ins
Gewicht fiele, und dennoch genug, daß es Ihnen
hilft und mir noch etwas bleibt.

Mutter:

Sie haben soviel? Ja, woher denn?

Weißl:

Eine sonderbare Frage. Etwas davon habe
ich auch geerbt.

Poldi:

Etwas davon hat er auch geerbt!

Weißl:

Bitte, Fräulein! Und das Geld hat für mich gar keinen Sinn. Zu leben habe ich, so lange ich immer lebe. Ich kann, wie ich bin, nicht einmal mein Einkommen aufbrauchen. Bedürfnisse habe ich keine, zum Reisen bin ich zu schwerfällig, selbständig einrichten will ich mich nicht mehr. Nehmen Sie's und helfen Sie sich oder machen Sie nur das Andenken des Verstorbenen rein damit. Es muß schrecklich sein, Jemanden geliebt zu haben und sein Andenken besudelt zu wissen. Mir wenigstens wäre es schrecklich . . .

Poldi:

Und Sie denken von uns nicht anders, als von sich selber? Herr Doktor, Sie machen mich stolz damit.

Weißl:

Keine Ursache. Und Sie können mir ja zahlen, wenn es Ihnen paßt.

Mutter:

Wir danken Ihnen, Herr Doktor, aber es geht nicht.

Weißl:

Fräulein v. Köstler, sprechen Sie mit Ihrer Mutter! Es geht Sie doch auch an.

Poldi:

Warum denn gerade mich?

Weißl:

Bitte Fräulein, thun Sie's doch!

Poldi:

Warum denn gerade ich?

Weißl:

Nun, weil ich nicht will, daß Sie sich so ab=
rackern, wie ein armes Tier, dem man zu viel
aufgeladen hat und das sich schleppt, bis es nicht
mehr weiter geht und es wohin fällt und stirbt.

Poldi:

Das wollen Sie nicht, Doktor, das wollen
Sie nicht?

Weißl:

Nein, das will ich durchaus nicht. Und jetzt
überlegen Sie sichs! Jetzt kann ich gehen.

Poldi:

Doktor! (aufjauchzend) Doktor!

Weißl:

Also abieu für immer!

Poldi:

Nein, bleiben S' noch ein bisserl. Sehen
Sie sich ihn an, Mutter, und sagen S', ob es
noch so eine Tochter giebt, wie mich. Den Mann,
den Mann hab' ich haben können. Und ich hab'
ihn geh'n lassen, weil Sie's so gewollt haben,

Mutter. Aber ich stirb daran; daran, und nicht an dem, was man mir aufgepackt hat.

Weißl:

Fräulein v. Köstler! Fräulein! Poldi!

Poldi!

So. Und jetzt wissen S' Alles. Und jetzt geh'n S'!

Weißl:

Da sollt' ich aber . . . da müßt' ich . . . eigentlich . . . Poldi! . . .

Poldi:

Geh'n S', aber mich nehmen S' mit!

Weißl:

Poldi! Poldi! Meine Herzenspoldi!

Poldi:

(Seine Hand in der ihren.)

Und reden S' mir nicht's dagegen, Mutter! Sind Sie durch die Hölle gegangen, ich will's auch probieren. Vielleicht ist's gar nicht so heiß, wie man's macht. Ich will's nicht einmal besser haben, als Sie's gehabt haben, wenn's mit ihm ist. Ich seh' nicht ein warum.

Weißl (will sie an sich reißen):

Poldi!

Poldi:

Keinen Kuß! Nicht jetzt! Nicht in dem Zimmer!

Mutter:

Ich hab's gut gemeint. Glaub' mir's, Poldi!

Poldi:

Sag' ich was dawider? Glaub' ich's nicht selber? Aber Sie haben nur gemeint, und ich weiß jetzt, es geht nicht anders. Und haben Sie nicht selber gesagt, ein einschichtiges Frauenzimmer ist das ärmste Ding auf der Welt? Und es soll keinem erspart bleiben, der weiß, was rechte Nei=gung ist, weil's ein jeder probieren muß und weil mit einem jeden die Welt beginnt, der's ehrlich probiert und was war, war und gilt nicht mehr. Wie heißt's im Märchen? „Hinter uns Nacht und vor uns Tag!"

Weißl:

Hinter uns Nacht und vor uns Tag.

Poldi:

Nein. Es geht nicht ins Märchen, ins Leben geht's. Und wir wollen rechtschaffen arbeiten und es nehmen wie es kommt. Magst mich noch, Gustel, magst mich daraufhin?

Weißl:

Wir wollen, ja, wir wollen, Poldi! Hinter uns Nacht und vor uns Tag!

Umarmung.

(Der Vorhang fällt sehr rasch.)

Ende.

Verlag von Georg Heinrich Meyer in Leipzig.

Der Bote für Deutsche Litteratur

ausgesandt

an die Deutschen der Erde.

„Ältestes bewahrt mit Treue
freundlich aufgefaßtes N…

Monatlich ein Heft 2—3 Bogen gr. 8".

Abonnementspreis pro Quartal 60 Pf.

Jeder Litteraturfreund

verlange Probenummern

gratis.

Billigste deutsche litterarische
• • • Revue! • • •

Druck von E. H. Schulze & Co. in Gräfenhainichen.

www.ingramcontent.com/pod-product-compliance
Lightning Source LLC
Chambersburg PA
CBHW020407030726
47496CB00007B/2349